BOB ANDREWS
Alter:
10 Jahre
Wohnort:
Rocky Beach
Kennzeichen:
rotes Fragezeichen
Aufgaben:
Recherchen und Archiv
Hobbys:
Bücher lesen,
schreiben, Kino
Die Kaffeekanne,
das geheime Versteck der drei ???
???
Dieses Buch gehört:

Die drei ??? *Kids*

Band 75

Der Fußball-Roboter

Erzählt von Ulf Blanck

Mit Illustrationen von Kim Schmidt

KOSMOS

Umschlag- und Innenillustrationen von Kim Schmidt, Dollerup
Grundlayout von der Peter Schmidt Group, Hamburg
Umschlaggestaltung von Sigrid Walter, Würzburg

»Der Fußball-Roboter« ist der 75. Band der Reihe
»Die drei ??? Kids«.

FSC www.fsc.org
MIX
Papier aus verantwortungsvollen Quellen
FSC® C014138

Gedruckt auf Cradle to Cradle Certified™ Munken Papier

ISBN: 978-3-440-17542-2
Redaktion: Susanne Stegbauer
Produktion: DOPPELPUNKT, Stuttgart
Druck und Bindung: Finidr, s.r.o., Český Těšín
Printed in Czech Republic / Imprimé en République tchèque

Die drei ??? *Kids*
Der Fußball-Roboter

Anstoß	7
Robby Ronaldo	15
Harte Bandagen	22
Großeinkauf	31
Künstliche Intelligenz	38
Eine heiße Spur	45
Monstersuche	55
Einsame Insel	61
In der Falle	69
Robinson Crusoe	78
Spezialtrick	87
Grillschweinchen	95
Anpfiff	101
Torwandschießen	109
Finale	114

Anstoß

»Alles klar: Just, du gehst ins Tor! Bob ist Verteidiger, und ich spiele natürlich im Sturm.«

Peter Shaw war an diesem Morgen in seinem Element. Auf dem Schrottplatz hatten die drei ??? zwischen zwei Wäschestangen ein Tor aufgebaut. Doch seine beiden Freunde waren nicht ganz einverstanden mit der Mannschaftsaufstellung.

»Peter, wieso bestimmst du das denn immer?«, meckerte Bob Andrews. »Warum kann *ich* nicht mal Stürmer sein?« Auch Justus war nicht zufrieden. »Ich habe auch keine Lust, dass mir immer die harten Bälle um die Ohren fliegen. Wieso tauschen wir nicht einmal alle die Positionen?«

Peter kniff die Augen zusammen. »Weil das so die beste Verteilung ist! Just kann nicht schnell laufen, und Bob würde kein Kopfballduell im Sturm gewinnen. Wir machen das so, wie ich sage!«

Wenn es um Sport und Fußball ging, ließ Peter nicht mit sich reden.

Schließlich gab Justus klein bei. »Okay, du hast recht. So ist es wirklich die sinnvollste Verteilung.«

Auch Bobs Widerstand war gebrochen. »Gut, machen wir es so, wie du sagst. Du bist der Fußballexperte. Aber ich werde es dir nicht leicht machen als Verteidiger. An mir kommt keiner vorbei.«

»So will ich euch hören«, lachte Peter. »Dann lasst uns spielen!« Er legte den Ball auf den Boden und kickte ihn vor sich her. Bob rückte seine Brille zurecht und rannte auf Peter zu. Justus stand mit dicken Arbeitshandschuhen an den Händen im Tor. Konzentriert verfolgte er das runde Leder.

»Bob! Pass auf!«, rief er über den Platz. »Peter wird versuchen, dich auszutricksen.«

»Ich kenne alle seine Tricks«, rief Bob zurück. »Meine Verteidigung steht wie eine Mauer.«

Doch Peter preschte auf das Tor zu und ließ Bob

hinter sich stehen. Dann schlug er den Ball hart ab.

»Daneben, daneben!«, lachte Justus schadenfroh. Aber er hatte sich zu früh gefreut, denn das Leder knallte gegen eine rostige Waschmaschine, die wenige Meter neben dem Tor stand.

Dort prallte der Ball ab, änderte die Richtung und flog direkt über den Kopf von Justus hinweg ins Tor.

»Volltreffer!«, jubelte Peter. »Den Trick kanntet ihr noch nicht. Ich habe über Bande gespielt.«

»Über Bande?«, rief Bob. »Ist das überhaupt erlaubt?« Peter musste grinsen. »Ja, beim Hallenfußball. Na schön, dann steht es jetzt eins zu null für die Waschmaschine.« Jetzt mussten alle lachen, und der kleine Streit war vergessen.

Plötzlich wurden sie beim Spiel von einem Lieferwagen unterbrochen, der mit hohem Tempo durch die Toreinfahrt des Schrottplatzes sauste. Direkt vor der Wäschestange blieb das große Auto mit stotternden Bremsen abrupt stehen. Neugierig ging Justus auf die Fahrertür zu. »Ich glaube, der hat seinen Führerschein auf dem Jahrmarkt gewonnen.«

Doch als der Anführer der drei ??? durch das verstaubte Fenster blickte, traute er seinen Augen nicht. »Das gibt es doch nicht! Seht euch das an! Hinter dem Lenkrad sitzt niemand.«

Jetzt kamen auch seine beiden Freunde angelaufen. Fassungslos öffnete Peter die Tür.

In diesem Moment wurde hinter dem Fahrersitz des Lieferwagens ein Vorhang zur Seite gezogen. Ein Mann mit einer kleinen, runden Brille kam zum Vorschein. Die wenigen, dünnen weißen Haare auf seinem Kopf hingen ihm bis zur Schulter hinab. »Da staunt ihr, was?« Er grinste breit. »Das ist die Zukunft. Selbstfahrende Autos.«

Peter betrachtete interessiert die vielen Instrumente am Armaturenbrett. »Unglaublich. Ist der Wagen wirklich ganz allein gefahren?«

»Ja, ich habe im Navigator das Ziel eingegeben: Rocky Beach, Jonas' Wertstoffhandel. Nur beim Bremsen ist das System noch nicht ganz ausgereift.«

Bob Andrews stand immer noch der Mund offen. »Ja, fast hätten Sie den Wäschepfahl umgefahren.«

Der Mann mit der runden Brille stieg aus. »Keine Angst, für solche Fälle kann ich blitzschnell eingreifen. Darum sitze ich ja versteckt hinter dem Vorhang. Man kann durch ihn hindurchschauen.«

Jetzt erst bemerkten die drei ??? die vielen Antennen und technischen Geräte auf dem Dach des Lieferwagens. Stolz zeigte der Mann nach oben. »Da sind sieben Kameras und eine Radaranlage eingebaut. Ihr werdet sehen, in ein paar Jahren wird es nur noch selbstfahrende Autos geben. Dann kann man es sich auf dem Rücksitz gemütlich machen und Karten spielen. Entschuldigt bitte, ich habe mich noch gar nicht vorgestellt. Mein Name ist Maskata. Professor Elton Maskata. Ich bin Erfinder, Ingenieur und leidenschaftlicher Tüftler.«

Justus reichte ihm die Hand. »Und ich bin Justus Jonas. Das hier sind meine beiden Freunde Peter Shaw und Bob Andrews. Wenn ich Sie so höre, dann erinnern Sie mich an meinen Onkel. Der ist auch Tüftler und Bastler.«

Elton Maskata nickte. »Ja, ich weiß. Titus Jonas. Darum bin ich hier. Wir sind alte Freunde.«

»Elton?«, hörten die drei ??? plötzlich aus der Ferne eine bekannte Stimme rufen. Es war Onkel Titus, der neugierig aus seinem Schuppen mit Lieblingsschrott trat. »Elton? Elton Maskata? Was für eine Überraschung!« Freudig ging er auf den Professor zu, und die beiden umarmten sich herzlich. Onkel Titus zog seine Arbeitshandschuhe aus. »Wir haben uns ja eine Ewigkeit nicht mehr gesehen. Was führt dich nach Rocky Beach?«

»Das will ich dir sagen, Titus. Dein unermesslicher Schatz an Wertstoffen.« Justus zog seine beiden Freunde zur Seite. »Das ist das erste Mal, dass jemand nicht Schrott zu Onkel Titus' Schrott sagt«, grinste er. Der Professor fuhr fort: »Ich brauche nämlich noch einige schöne Bauteile für meinen Fußball-Roboter.«

Onkel Titus' Augen leuchteten auf. »Du hast einen Fußball-Roboter gebaut?«

»Ja. Kommt mit! Ich zeige ihn euch.« Mit Schwung öffnete der Professor die hintere Tür seines Lieferwagens und hob mit großer Geste den Zeigefinger. »Darf ich vorstellen: Robby Ronaldo. Der beste Fußball-Roboter der Welt.«

Robby Ronaldo

»Da staunt ihr, was?«, sagte der Professor stolz. »Aber wie man unschwer erkennen kann, sieht der Gute noch nicht wirklich nach einem Fußballer aus. Er muss noch ausgestattet werden. Darum bin ich hier. Hast du da etwas Passendes für mich, Titus?«

»Natürlich. Es gibt bei mir nichts, was es nicht gibt. Robby Ronaldo braucht noch Fußballschuhe und irgendetwas, was nach Gesicht aussieht. In meinem Schuppen werde ich schon etwas finden.«

Peter interessierte sich für alles, was mit Technik zu tun hatte. »Professor Maskata, können wir den Fußball-Roboter einmal in Aktion sehen?«

»Aber klar! Es ist mir sogar eine große Freude, ihn vorzuführen. Außerdem kann ich dabei gleich noch einmal seine Funktionsfähigkeit prüfen. Und jedes

Training hilft, ihn zu verbessern. Der Roboter lernt nämlich selbstständig dazu.«

Elton Maskata nahm eine Fernbedienung in die Hand und drückte auf einige Knöpfe. Im selben Moment leuchteten am Roboter viele kleine Lämpchen auf und ein leises Surren war zu hören. Dann setzte sich die Maschine in Bewegung.

Bob wich ein Stück zurück. »Sieht ganz schön unheimlich aus. Ich habe einmal einen Film gesehen, da ist so ein Blechhaufen durchgedreht und ...«

»Keine Angst!«, unterbrach ihn der Professor. »Robby Ronaldo ist ausgereift. Außerdem kann ich ihn jederzeit mit der Fernsteuerung abstellen. Hier: mit diesem roten Knopf.«

Der Roboter war erstaunlich beweglich und sprang von selbst mit einem großen Satz von der Ladefläche. Peter lief schnell zur Wäschestange und kam mit dem Ball zurück. »Dann wollen wir mal sehen, was Robby so draufhat.« Mit einem gezielten Schuss trat er das Leder in Richtung des Roboters. Dieser reagierte sofort und grätschte zur Seite. Gekonnt stoppte er den Ball. Professor Maskata drückte wieder einige Knöpfe der Fernsteuerung. »Also gut. Dann versucht einmal, Robby Ronaldo den Ball abzunehmen. Wie ich sehe, habt ihr die Wäschestange zu einem Tor umgebaut. Das Spiel kann beginnen. Und – Anpfiff!«

Wie auf Kommando preschte der Fußball-Roboter los. Den Ball dribbelte er geschickt vor sich her.

Peter fackelte nicht lange und rannte auf ihn zu. »Okay, Mensch gegen Maschine. Jetzt will ich es wissen. Wir spielen auf ein Tor.« Doch der Roboter war schnell und kickte das Leder an Peter vorbei. Mit großen Sätzen jagte er dem Tor entgegen. Justus und Bob feuerten ihren Freund an.

»Peter! Peter! Peter!« Das half anscheinend, denn Peter gelang es, dem Roboter im letzten Moment den Ball wieder abzunehmen. »Alles klar, du Blechheini! Jetzt bin ich dran.« Diesmal wurde er von dem Fußball-Roboter verfolgt. Peter lief einen großen Bogen über den Schrottplatz und visierte das Tor an. Der Roboter schien zu ahnen, was sein

Gegner vorhatte, und postierte sich wie ein Torwart zwischen den beiden Wäschepfählen.

»Peter, schieß!«, brüllte Bob über den Platz. Das tat dieser auch, und der Roboter reckte sich nach dem Ball. Doch schnell schien er zu erkennen, dass das Leder am Tor vorbeiflog, und er verharrte mitten in der Bewegung. Mit einem lauten Knall prallte der Ball jedoch, wie kurz zuvor, gegen die alte Waschmaschine, flog dann zurück und sauste am Roboter vorbei ins Tor.

»Ja! Eins zu null für Peter!«, jubelte Bob.

Der Professor schaltete den Fußball-Roboter ab. »He! Das war unfair. Seit wann darf man denn so spielen?«

Bob grinste breit. »Wieso? Das war über Bande. Das ist beim Hallenfußball und bei uns erlaubt.«

Elton Maskata musste lachen. »Na schön, dann hat Robby Ronaldo wieder etwas dazugelernt. Peter ist aber auch ein harter Gegner. Ich hoffe, morgen beim Fußballturnier sind die Gegner leichter auszuspielen.«

»Was für ein Turnier?«, fragte Onkel Titus, der aus seinem Schuppen zurückkam, verwundert. »Jungs, habt ihr davon was gehört?«

Die drei ??? schüttelten die Köpfe.

»Waaas? Davon wisst ihr nichts?«, wunderte sich der Professor. »Morgen startet doch auf dem Marktplatz von Rocky Beach die Meisterschaft der Fußball-Roboter. Roboterkonstrukteure aus ganz Amerika treten dort mit ihren Erfindungen an. Es ist eine Meisterschaft der Ingenieure, Techniker und Hobbybastler.« Onkel Titus klatschte in die Hände.

»Jetzt verstehe ich, warum du hier bist, Elton. Und ich verwette meinen Schuppen, dass du die Meisterschaft gewinnen wirst.«

»Sag das nicht zu laut, Titus. Da sind sehr gute Mannschaften dabei. Kein Wunder, es geht ja auch um ein Preisgeld von zehntausend Dollar.«

»Zehntausend Dollar?«, wiederholte Onkel Titus ungläubig.

»Richtig. Und ich brauche das Geld dringend. Du ahnst ja nicht, was so ein Roboter für Kosten verursacht.« Onkel Titus nickte. »Das glaube ich dir, Elton. Ich habe im letzten Monat einen ferngesteuerten Rasenmäher gebaut. Der konnte nicht nur Gras schneiden, sondern auch den Briefkasten leeren.«

»Und, hat das funktioniert, Titus?«

»Ja. Aber leider hat der Rasenmäher dann die Post in tausend Papierschnipsel zerfetzt. Anschließend ist er dann zu allem Überfluss auch noch über Mathildas Wäschekorb gefahren. Mathilda ist übrigens gerade in der Stadt und besorgt am Marktplatz bei Mr Porter einen neuen.«

Elton Maskata horchte auf. »Am Marktplatz von Rocky Beach? Da muss ich auch hin, denn nur bis heute Vormittag kann man sich dort noch für das Turnier anmelden. Ich wette, da ist schon einiges los.«

Peter wurde hellhörig. »Das will ich mir auch ansehen. Lauter Fußball-Roboter auf dem Marktplatz. Ich bin gespannt, wie die alle aussehen.«

»Kein Problem, Jungs«, lachte der Professor. »Ich kann euch mitnehmen. Dann könnt ihr mir gleich den Weg zeigen. Und keine Angst: Diesmal werde ich selbst am Steuer sitzen und den Wagen fahren.«

Harte Bandagen

Die drei ??? waren natürlich einverstanden, und wenig später saßen sie zu dritt nebeneinander auf dem breiten Vordersitz des Transporters. Das Spektakel auf dem Marktplatz wollten sie sich nicht entgehen lassen.

»Und falls ihr Mathilda trefft, dann helft ihr, die Einkaufstaschen zu tragen«, rief ihnen Onkel Titus hinterher.

»Klar, machen wir.«

Zum Marktplatz brauchten sie nur wenige Minuten. Doch es war nicht ganz einfach, einen Parkplatz zu finden. Selbst in den kleinen Seitenstraßen standen überall große Transporter. Männer in bunten Overalls luden schwere Holzkisten ab. Aus einigen der Kisten ragten seltsame Apparaturen. Bob grinste. »Sieht aus wie bei einem Treffen von Außerirdischen. Ich wette, in den Kisten sind haufenweise Fußball-Roboter.«

»Da kannst du dir sicher sein, Bob«, sagte Elton Maskata, während er einen der letzten Parkplätze ergatterte. »Es gibt mittlerweile ganze Fußballvereine, die nur noch mit Robotern spielen. Selbst im Fernsehen werden diese Meisterschaften übertragen.«

Justus konnte das gut nachvollziehen. »Mir gefällt das. Man kommt selbst nicht ins Schwitzen und kann sich auch nicht verletzen. So ein Roboter braucht höchstens mal einen Tropfen Öl oder eine neue Batterie.«

»Schön wär's«, lachte der Professor. »Hinter so einem Roboter steckt ein Haufen Arbeit, Schweiß und Geld. So, und nun Beeilung, denn sonst komme ich zu spät zur Anmeldung für die Meisterschaft.«

»Wollen Sie Robby Ronaldo nicht mitnehmen?«, fragte Peter und zeigte auf die hintere Tür des Transporters.

»Nein, bei der Anmeldung braucht der Fußball-Roboter nicht dabei zu sein. Ich will ihn auch so lange wie möglich im Lieferwagen lassen. Meine Konkurrenten sollen nicht sehen, was ich gebaut habe. Jeder Erfinder hat da seine Geheimnisse.«

Auf dem Marktplatz war eine Menge los. In der Mitte bauten Arbeiter das große Spielfeld auf, und Tore wurden zusammengeschraubt. Vor dem Polizeirevier gab es sogar eine richtige Tribüne. Auf der gegenüberliegenden Seite standen dicht an dicht die Zelte der Teilnehmer. Alle waren verschlossen, sodass man nicht hineinblicken konnte. Der Platz war festlich geschmückt, wie bei einem großen Fußballturnier. Selbst Fred Fireman trug ein Trikot und hatte einen Fan-Schal um den Hals gewickelt. Die Bronzefigur des ehrenwerten Feuerwehrmannes zierte den Brunnen von Rocky Beach.

Justus staunte nicht schlecht. »Ich hätte nie gedacht, dass hier so ein Aufwand betrieben wird. Dort hinten ist sogar ein Fernsehteam.«

Elton Maskata ging zu einem großen Zelt am

orter

Rande des Spielfeldes. Über dem Eingang hing ein Schild: ANMELDUNG. Davor hatte sich eine lange Schlange gebildet. »Klar, dass die Meisterschaft viele anlockt«, sagte Bob. »Bei zehntausend Dollar Preisgeld!«

Es waren Männer und Frauen, Jüngere und Ältere und ganze Teams dabei. Einige hatten ihre Fußball-Roboter mitgebracht. Justus grinste. »Nun seht euch das an! Diese Apparate könnten auch von Onkel Titus stammen. Man sieht deutlich, aus welchen Schrottteilen sie zusammengebaut wurden: alte Staubsauger, Rasenmäher, Rollstühle, Elektroroller und Kreissägen. Ich kann mir nicht vorstellen, dass die Dinger Fußball spielen können.«

Der Professor zeigte auf die verschlossenen Zelte auf der anderen Seite des Platzes. »Unterschätze die Gegner nicht. Die richtigen Konkurrenten bleiben noch im Verborgenen.«

In dem Moment entdeckte Peter in der Schlange zur Anmeldung einen alten Bekannten. »Oh nein, der ist auch dabei: Skinny Norris.«

»Wer ist Skinny Norris?«, fragte Elton Maskata.

»Der ist so etwas wie unser Erzrivale«, klärte ihn Peter auf. »Überall, wo der auftaucht, gibt es Ärger. So wie es aussieht, hat er sein altes Mofa zu einem Fußball-Roboter umgebaut.«

Justus betrachtete die Apparatur genauer. »Das Mofa macht mir keine Sorgen. Aber das, was Skinny überall an den Seiten angeschraubt hat.« Aus dem Mofa ragten spitze Metallteile heraus. Auch einige Sägeblätter waren dabei. Peter verzog sein Gesicht. »Das in der Mitte sieht mir aus wie ein Flammenwerfer. Ich kann mir nicht vorstellen, dass Skinnys Roboter sehr fair spielen wird.«

Ihr Erzrivale hatte die drei ??? nun auch erkannt. »Ach, sieh an: die drei kleinen Schweinchen vom Schrottplatz. Sagt bloß, ihr wollt euch auch anmelden?«

Bob versuchte, besonders cool auszusehen. »Du sagst es, Skinny. Und wenn du schlau bist, schiebst du deinen Blechhaufen da lieber direkt auf den Schrottplatz. Denn da gehört er hin.«

Skinny Norris' Gesicht lief rot an. Doch bevor er etwas erwidern konnte, war er an der Reihe bei der Anmeldung. »Wir sprechen uns noch, Brille. Spätestens dann, wenn ich die zehntausend Dollar eingesammelt habe.«

Der Professor lachte. »Das scheint ja ein aufregendes Örtchen zu sein hier. Aber wie ihr seht, wird mit harten Bandagen gekämpft. Bei den Meisterschaften der Fußball-Roboter gönnt niemand dem anderen den Erfolg. So, gleich sind wir dran.«

Nach der erfolgreichen Anmeldung gingen alle

gemeinsam wieder zurück zum Lieferwagen. Justus entdeckte es zuerst. »Professor Maskata, sehen Sie mal! War das Schloss an der hinteren Lkw-Tür schon immer so zerkratzt?«

»Zerkratzt?«, wunderte sich der Professor. »Nein, der Transporter ist fast neu. Aber du hast recht, Justus. Es sieht aus, als hätte da jemand herumgestochert.« Sichtlich nervös versuchte Elton Maskata, mit seinem Schlüssel die hintere Tür zu öffnen. »Brauchen Sie Hilfe?«, fragte Peter. »Ich kenne mich mit Schlössern aus.« Bob klopfte seinem Freund anerkennend auf die Schulter. »Genau, Peter ist nämlich unser Schlossexperte.« Doch nach dem dritten Versuch gelang es dem Professor, die Tür aufzuschließen. »Gott sei Dank! Robby Ronaldo ist noch im Wagen. Ich hatte schon das Schlimmste befürchtet.«

Justus knetete mit Daumen und Zeigefinger seine Unterlippe. Das tat er immer, wenn er scharf nachdachte. »Wenn das Schloss vorher unversehrt war, dann müssen die Beschädigungen hier auf dem

Parkplatz entstanden sein. Und zwar genau in der Zeit, als wir bei der Anmeldung waren.«

Der Professor sah ihn mit großen Augen an. »Du meinst, jemand wollte meinen Fußball-Roboter stehlen?«

»Ich meine gar nichts«, antwortete Justus trocken. »Das ist eine logische Schlussfolgerung. Sie haben doch selbst gesagt, dass bei so einer Meisterschaft mit harten Bandagen gekämpft wird. Und bei zehntausend Dollar Preisgeld hätte der Täter ein überzeugendes Motiv. Wir müssen den Dieb beim Einbruch gestört haben. Sonst wäre das Schloss vermutlich aufgebrochen worden.«

Der Professor raufte sich seine dünnen Haare. »Als hätte ich nicht schon genug Ärger am Hals mit all den technischen Problemen.«

Justus trat jetzt entschlossen einen Schritt vor. »Wenn Sie gestatten, werden wir den Fall übernehmen. Wir kennen uns mit solchen Sachen aus.«

Großeinkauf

Der Professor sah Justus erstaunt an. »Dann hat Titus recht gehabt mit dem, was er über euch erzählte: Ihr seid drei clevere Jungs. Aber vielleicht ist ja auch nur jemand mit seinem Fahrrad gegen das Schloss geschrammt. Doch egal, wie es ist: Werft gerne ein wachsames Auge auf Robby, aber bitte passt auf euch auf und bringt euch nicht meinetwegen in Schwierigkeiten. Soll ich euch wieder mit zurücknehmen zum Schrottplatz?« Justus schüttelte den Kopf. »Nein, vielen Dank. Wir werden noch meiner Tante beim Einkauf helfen. So, wie ich sie kenne, ist sie immer noch in Porters Laden.«

Die drei ??? verabschiedeten sich, und der Professor fuhr mit dem Lieferwagen davon.

»Das war keine Fahrradschramme«, murmelte

Peter. »An dem Schloss waren eindeutig Einbruchspuren zu sehen.« Bob hatte bereits einen Verdächtigen. »Für mich ist der Fall klar: Das war Skinny Norris. Ihr habt doch gesehen, wie sauer der auf uns war. Und als wir mit dem Professor bei der Anmeldung waren, konnte Skinny in aller Seelenruhe zuschlagen.« Justus schien davon noch nicht ganz überzeugt zu sein. »Zuzutrauen wäre es ihm. Aber woher sollte er von dem Lieferwagen wissen? Geschweige denn, dass dort ein Fußball-Roboter drinsteckt?«

Anschließend machten sie sich auf den Weg zu Porters Laden. Das Geschäft des cleveren Kaufmanns von Rocky Beach befand sich gleich neben dem Brunnen am Marktplatz. Porter war gerade dabei, sein Schaufenster neu zu dekorieren. Freudig begrüßte er die drei. »Hallo, Jungs! Wollt ihr euch auch die Meisterschaft ansehen? Ich habe alles, was man dafür braucht: Tröten, Rasseln, Popcorn und Sitzkissen. Denkt dran, die Tribünenplätze sind hart, und der Po ist weich.«

»Nein, Mr Porter. Ich suche nur meine Tante. Sie wollte bei Ihnen einkaufen.«

»Mrs Jonas? Und wie die einkauft! Geht nur rein. Aber stört sie nicht. Denn wer in Ruhe gelassen wird, kauft mehr. Alte Kaufmannswahrheit.«

Als die drei ??? Tante Mathilda zwischen den engen Regalen entdeckten, zeigte sich, dass Porter mit seiner Theorie recht hatte. Die Einkaufskarre von Justus' Tante war bis über den Rand gefüllt.

»Hallo, Justus, Peter und Bob«, lächelte sie. »Sagt

bloß, ihr wollt mir beim Tragen helfen? Es wird sich lohnen, denn ich habe gerade reichlich Zutaten für meinen Kirschkuchen besorgt.«

Bei dem Wort *Kirschkuchen* vergaß Justus für einen kurzen Moment den Fall. Tante Mathilda war berühmt für ihren köstlichen Kirschkuchen. Ihm lief das Wasser im Mund zusammen, und Bob übernahm für ihn das Sprechen. »Genau, es scheint ja eine Menge zum Tragen zu geben. Wir haben gehört, dass Sie eigentlich nur einen Wäschekorb kaufen wollten.« Tante Mathilda schlug die Hände über dem Kopf zusammen. »Ach, herr-je! Den hab ich ganz vergessen.«

Anschließend legte sie alle Waren auf den Verkaufstresen: Zucker in einer Großpackung, Backpulver, Zwiebelwurst, Teppichreiniger, Sahne, Toastbrot, Nugatcreme, Lockenwickler, Butterschmalz, Fliegenpatschen, einen gelben Wäschekorb und Diätschokolade. Als Mathilda die leere Karre zurückschob, legte Justus die Diätschokolade heimlich wieder zurück ins Regal. Mr Porter tippte alles in die altmodische Registrierkasse ein. »So soll es sein. Volle Karre – volle Kasse. Und für die drei Jungs gibt es gratis eine Tröte obendrauf.«

Bob steckte die Tröte ein. »Wahnsinn! Eine Tröte für drei.«

»Nun sei mal nicht unverschämt, mein Junge! So eine Tröte kostet mich im Einkauf über zehn Cent!«

Mit schweren Tüten bepackt verließen sie kurz darauf den Laden. Bob warf noch einmal einen Blick zum Schaufenster. »Nun seht euch an, was da steht: *Sonderangebot – tolle Tröten für nur einen Dollar*. Mr Porter weiß, wie man Geschäfte macht.«

Der Pick-up der Familie Jonas stand etwas weiter weg in einer Seitenstraße. Doch als alles auf der offenen Ladefläche verstaut war, hob Tante Mathilda erschrocken die Arme. »Nun hab ich doch noch etwas vergessen: Mehl für den Kirschkuchen. Wartet hier! Ich bin gleich wieder da.«

Gelangweilt standen die drei ??? neben dem Pick-up, als sie plötzlich einen lauten Knall hörten. Peter zuckte zusammen. »Was war das? Ist ein Reifen geplatzt?« Bob schüttelte den Kopf und zeigte auf einen weißen Lieferwagen. »Nein, das kam von dort. Und es hörte sich nicht nach einem geplatzten Reifen an.« Wieder gab es einen Knall, und diesmal sahen sie, wie sich eine Beule im Blech des Lieferwagens von innen nach außen drückte. Dann zersprang eine der Seitenscheiben. Scherben prasselten auf den Boden. »Oh Mann!«, rief Bob. »Da hat jemand die Scheibe eingeschlagen.«

Justus ging hinter dem Pick-up in Deckung. »Das kam nicht von außen, die Scheibe wurde von *innen* zerstört, denn die Scherben sind nach draußen gefallen.«

Peter stockte der Atem. »Was ist da drin? Ein Monster?«

Jetzt hörte man aus dem Inneren des Lieferwagens eine männliche Stimme fluchen. »Wie geht denn das Mistding aus? Verdammt noch mal!« Dann folgte ein lauter Schrei. »Ahhhhh! Geh weg! Weg!« Weitere Schläge folgten, und immer mehr Beulen zeichneten sich im Blech ab. Im Lieferwagen musste ein richtiger Kampf toben. Plötzlich startete der Motor, und mit quietschenden Reifen fuhr der Transporter aus der Parklücke. Fast hätte er den Pick-up gestreift.

»Weg ist er«, stöhnte Bob. »Und habt ihr gesehen: Am Steuer saß *niemand*. Das muss wieder so ein selbstfahrendes Auto gewesen sein.«

Justus knetete seine Unterlippe. »Es geschehen seltsame Dinge in Rocky Beach. Und ich werde das Gefühl nicht los, dass diese Dinge miteinander zu tun haben. Der Fall wird immer komplizierter.«

Künstliche Intelligenz

In diesem Moment kam Tante Mathilda zurück. In den Händen trug sie jeweils eine große Tüte. »Es tut mir leid, dass ihr so lange warten musstet, aber Mr Porter hatte mir so ein gutes Sonderangebot unterbreitet, da konnte ich einfach nicht widerstehen. Ich hoffe, ihr habt euch nicht gelangweilt.« Peter stand immer noch der Schreck ins Gesicht geschrieben. »Äh, nein, ging so.« Die drei ??? hielten es für klüger, Tante Mathilda nichts von den mysteriösen Vorkommnissen im Lkw zu erzählen.

Am Schrottplatz angekommen, luden sie schnell den Einkauf ab, und Justus' Tante bedankte sich bei ihnen. »Später bekommt ihr einen frisch gebackenen Kirschkuchen«, sagte sie und verschwand in der Küche.

Vor dem Schuppen stand Onkel Titus mit Elton Maskata. Den Fußball-Roboter hatten sie an die Wand gelehnt. »Jungs, kommt mal zu uns«, rief Onkel Titus. »Wir brauchen eure Hilfe.«

Bob verzog sein Gesicht und sagte leise: »Anscheinend braucht heute jeder unsere Hilfe.«

Der Professor hielt eine seltsame Apparatur in der Hand. Sie sah aus wie ein Motorradhelm mit vielen kleinen Antennen, Kabeln und blinkenden Lichtern. Neugierig kam Peter näher. Doch ehe er sich versah, hatte er den sonderbaren Helm auf dem Kopf. »He! Was soll das?«, fragte er erschrocken. Professor Maskata beruhigte ihn. »Keine Angst. Mit diesem Apparat hilfst du unserem Robby Ronaldo beim Training.« Peter war nicht ganz wohl bei der Sache. Er schielte nach oben. »Und was muss ich dabei machen?« Onkel Titus übernahm jetzt das Wort. »Ganz einfach. Du musst das machen, was du am besten kannst: nämlich Fußball spielen. Kommt alle mit hinters Haus! Dort habe ich eine Torwand aufgebaut. Hier, Peter, nimm den Ball! Und jetzt

schieß, so gut du kannst, auf die Torwand.« Der Professor fuhr fort: »Die Sensoren und Kameras im Helm zeichnen alles auf. Deine Bewegungen, deine Laufrichtung und deinen Blick. Danach werden diese Informationen auf unseren Fußball-Roboter übertragen.«

Peter legte sich den Ball vor die Füße. »Jetzt verstehe ich, was Sie mit dem Training meinen: Robby Ronaldo soll von mir lernen, wie man gut schießt.«

Elton Maskata nickte. »Besser hätte ich es nicht ausdrücken können. Los geht's!«

Peter nahm Anlauf und traf gleich mit dem ersten Schuss das obere Loch der Torwand. Dafür gingen die nächsten drei Versuche daneben. Insgesamt hatte er von zehn Schüssen sechs Treffer. Bob applaudierte. »Peter ist unser Fußballgott. Das soll ihm erst mal einer nachmachen.«

Der Professor nahm Peter den Helm wieder ab

und stülpte diesen auf den Fußball-Roboter. Es surrte leise, und die kleinen Lämpchen blinkten auf. »Die Daten werden nun übertragen.«

Kurz darauf tapste der Roboter auf die Torwand zu. Dann nahm er Anlauf und schoss den Ball, ohne zu zögern, ins obere Loch. Der Professor strahlte. »Dein Training zeigt Wirkung, Peter.«

Und auch der nächste Ball traf. Ebenso der dritte und vierte. Beim zehnten Schuss riss der Professor die Arme hoch. »Jawohl! Zehn Versuche, zehn Treffer. Besser geht's nicht.« Argwöhnisch betrachtete Peter den Fußball-Roboter. »Also irgendwie macht mir das Angst. Der hat nicht nur von mir gelernt, der spielt jetzt sogar besser als ich.«

»Genauso ist es!«, frohlockte Elton Maskata. »Das nennt sich künstliche Intelligenz. Vor euch steht die Zukunft – nicht nur im Fußballsport.«

Auch Justus kam die Sache unheimlich vor. »Das bedeutet aber, dass diese Computer-Roboter bald alles besser können als wir. Wofür braucht man dann überhaupt noch Menschen?« Der Professor legte Justus lachend die Hand auf die Schulter. »Diese Frage brauche ich zum Glück nicht zu beantworten. Ich bin nur der Erfinder.«

Justus versuchte, diese Gedanken wieder aus seinem Kopf zu bekommen, und dachte an den Fall, den es für die drei ??? zu lösen galt. Als Onkel Titus und Professor Maskata sich wieder dem Fußball-Roboter zuwandten, zog er seine beiden Freunde beiseite. »Hier kommen wir mit unseren Ermittlungen nicht weiter. Wir haben es mit einem Einbruchsversuch zu tun. Ich schlage vor, wir beginnen mit der klassischen Detektivarbeit.«

Bob nickte. »Ich weiß, woran du denkst. Wir sollten das Schloss am Lieferwagen nach Fingerabdrücken untersuchen.«

»So ist es, Bob. Dieses Schloss ist unsere einzige Spur. Los, wir treffen uns am Lkw. Ich hole aus meinem Zimmer das Fingerabdruck-Set.«

Wenig später standen die drei Detektive unbeobachtet hinter dem Transporter des Professors. Peter Shaw nahm den weichen Pinsel und tunkte ihn leicht in die kleine Dose mit dem schwarzen Fingerabdruckpulver. Dieses Grafitpulver stellten die drei ??? selbst her. Dazu nahmen sie einen Bleistift und zogen die Grafitmine mehrfach über einen Bogen Sandpapier. Ein feines Pulver rieb sich ab, das sie in der kleinen Dose sammelten. Peter tupfte nun mit sanftem Pinseldruck den Bereich um das Türschloss ab. Bob Andrews putzte derweil seine Brille sauber. »Und, könnt ihr Abdrücke erkennen?«

Justus nahm die Lupe und betrachtete die Stelle.

»Nein, da ist absolut nichts. Nicht die Spur eines Fingerabdrucks.«

»Vielleicht hat der Täter Handschuhe getragen?«, überlegte Peter. »Was meinst du, Just?«

»Nein, das hat er nicht.«

»Und warum bist du dir da so sicher?«, hakte Bob nach.

»Weil wir zumindest die Fingerabdrücke vom Professor und von Peter hätten finden müssen. Beide haben an dem Schloss hantiert. Und das wiederum lässt nur einen einzigen Schluss zu: Der oder die Täter wurden beim Aufbrechen des Lieferwagens von uns gestört und flüchteten. Und ich nehme an, dass sie tatsächlich keine Handschuhe trugen. Und das heißt: Die Täter haben den Transporter bis hierher verfolgt und nachträglich heimlich alle Fingerabdrücke mit einem Lappen abgewischt.«

Peter sah sich verängstigt um. »Aber das bedeutet ja, dass die Einbrecher hier auf dem Schrottplatz waren. Oder viel schlimmer: Vielleicht sind sie sogar noch hier!«

Eine heiße Spur

Plötzlich wurden sie von einem lauten Rufen unterbrochen. Es war Tante Mathilda, die mit einem frisch gebackenen Kirschkuchen auf der Veranda stand. »Pause! Alle herkommen! Der Kirschkuchen ist noch warm.«

Es gab wenig im Leben, was Justus von der Detektivarbeit ablenken konnte. Ein duftender Kirschkuchen war eines davon. Sekunden später saßen alle drei Jungs am runden Tisch auf der Veranda, und jeder schnappte sich ein großes Stück Kuchen.

Auch Onkel Titus und der Professor wurden von dem Duft angelockt. »Elton, den Kirschkuchen von Mathilda *musst* du probieren«, strahlte Justus' Onkel. »Es ist *der beste* in Rocky Beach.«

Peter hatte sich schon ein Stück in den Mund geschoben. »Nein, das stimmt nicht«, schmatzte er. »Es ist der beste auf der *ganzen* Welt.«

Tante Mathilda wurde leicht rot. »Nun übertreibt nicht«, lächelte sie. »Ich wollte übrigens heute mal etwas anderes ausprobieren und ein wenig Schokolade mit in den Kuchen einbacken. Ich hatte extra bei Mr Porter welche gekauft. Doch seltsamerweise lag die Schokolade nicht in den Einkaufstaschen.« Justus hatte schon das zweite Stück Kuchen auf dem Teller. »Ach was, Tante Mathilda. Diätschoko ... äh, also Schokolade passt überhaupt nicht in einen Kirschkuchen.«

Bob hatte den einzigen Kirschkern im Kuchen erwischt. In hohem Bogen spuckte er diesen von der Veranda ins Rosenbeet. »Volltreffer! Ich sollte Lotto spielen – bei meinem Glück.« Dann wandte er sich an Elton Maskata. »Professor, ich wollte Sie noch etwas fragen.«

»Nur zu. Der Kirschkuchen schmeckt übrigens wirklich ganz vorzüglich.«

»Als Sie mit dem Lieferwagen allein zurück zum Schrottplatz fuhren, ist Ihnen da irgendetwas aufgefallen?«

»Was sollte mir aufgefallen sein, Bob?«

»Hatten Sie zum Beispiel das Gefühl, dass Sie verfolgt werden?«

»Verfolgt? Nein, eigentlich nicht. Nur eine Sache war seltsam ...«

Justus ließ für einen kurzen Moment seine Kuchengabel sinken. »Seltsam? Was denn?«

»Hinter mir fuhr ein gelber Jeep mit einem Bootsanhänger. Er transportierte ein schwarzes Schlauchboot mit einem großen Außenbordmotor. Ich habe mich gewundert, dass er nicht an der Kreuzung zur Küste abgebogen ist. In Richtung Meer. Denn dort fährt man normalerweise mit einem Boot hin. Aber ob der mich verfolgt hat, kann ich nicht sagen.«

Onkel Titus wischte sich den Mund mit einer Serviette ab. »Jeep oder Boot, das kann uns im Moment egal sein. Elton und ich haben mit dem Fußball-Roboter noch jede Menge zu tun. Morgen früh geht es an den Start, und da muss alles fertig sein. Elton, ich werde mich um unsere Verpflegung kümmern und bringe zum Marktplatz mein großes Grillfass mit. Es gibt Würstchen und gegrillte Maiskolben.«

Nach der Kuchenpause zogen sich die drei ??? zur Beratung zurück. Justus ergriff das Wort. »Ein Bootsanhänger, der nicht ans Meer fährt. Das ist wirklich merkwürdig. Viel ist es nicht, aber es ist unsere einzige Spur.« Peter überlegte mit. »Somit haben wir zwei verdächtige Wagen: den weißen Transporter mit den Beulen im Blech und den gelben Jeep mit dem schwarzen Schlauchboot.« Bob fuhr fort. »Vielleicht hat der Fahrer des Jeeps den Professor doch bis zum Schrottplatz verfolgt, den Wagen versteckt abgestellt und dann hier heimlich die Fingerabdrücke weggewischt. Doch wenn es so war, wo ist er jetzt?«

Justus knetete seine Unterlippe. »Ein Jeep mit einem Bootsanhänger. Für mich gibt es nur eine Idee, wo wir nach so etwas suchen könnten: in unserem kleinen Fischereihafen.«

»Ich denke, dass es sogar die allereinzige Idee ist«, sagte Bob. »Wir sollten uns da mal umsehen.« Peter nickte. »Und auch wenn wir nichts entdecken: Vielleicht kennt einer der Fischer den auffälligen gelben Jeep.«

»Also gut«, rief Justus. »Worauf warten wir noch? Auf die Fahrräder und ab zum Hafen!«

Um zum Fischereihafen zu gelangen, mussten die drei ??? zunächst die Küstenstraße in Richtung Rocky Beach fahren. An einer Kreuzung vor dem Marktplatz bogen sie ab. Von hier aus schlängelte sich eine schmale Straße in engen Kurven hinab zum Pazifischen Ozean. Schon von Weitem konnten sie das Schreien der Möwen hören. Im Hafen waren bereits die meisten Fischer mit ihren Booten von der Arbeit zurückgekehrt. Einige standen am Kai, flickten Netze oder säuberten die leeren Fischkisten.

Die drei ??? stellten ihre Räder an einer der kleinen Blechhütten ab. Argwöhnisch wurden sie von einer dicken Möwe beobachtet. Sie saß direkt über ihnen auf dem Blechschuppen und hatte einen Fischkopf im Schnabel. Bob schritt voran. »Okay, lasst uns alles absuchen. Und wenn wir nichts finden, dann fragen wir bei den Fischern nach.«

Es war bereits Nachmittag, und die Sonne neigte sich allmählich dem Horizont zu. Im hinteren Bereich des Hafens lagen mehrere rostige Fischerboote an Land. Sie waren auf schweren Holzbalken gelagert. Ein Mann in einem blauen Overall bearbeitete mit einer elektrischen Schleifmaschine eines der Boote. Neben ihm stapelte sich ein hoher Berg Holzpaletten. Plötzlich blieben die drei ??? abrupt stehen. »Seht ihr, was ich sehe?«, zischte Bob. Peter nickte. »Ja, hinter den Paletten. Ein gelber Jeep mit Bootsanhänger.« Justus ballte die Faust. »Volltreffer! Wir sind auf der richtigen Spur.«

»Aber ein schwarzes Schlauchboot ist nicht zu sehen«, murmelte Bob.

CA

Neben dem Berg an Paletten führte ein Betonstreifen schräg hinab ins Hafenbecken. Hierüber konnten kleinere Boote ins Wasser gelassen werden. Plötzlich stand der bärtige Mann hinter ihnen. Seine Schleifmaschine hatte er ausgeschaltet. »Sucht ihr was Bestimmtes?«, brummte er sie an. Justus drehte sich zu ihm um. »Äh, ja, wir suchen das Boot, das auf dem Anhänger war.« Der Mann kraulte sich den Bart. »So ein schwarzes Schlauchboot? Diese schnellen Flitzer, die uns die Fische vertreiben?«

»Ja, genau so eins. Wissen Sie etwas darüber?«

»Na, du kannst Fragen stellen. Sehe ich aus wie die Auskunft? Aber ich habe tatsächlich etwas gesehen. Eigentlich bekomme ich alles mit, was hier im Hafen passiert. Als Fischer muss man immer die Klüsen offen halten.«

Bob sah den Mann verwundert an. »Die *was?*«

»Die Klüsen, du Landratte! Das ist Seemannssprache. Das sind die Augen, du Dösbaddel.« Bob fragte lieber nicht nach, was *Dösbaddel* bedeutete.

»Also, da waren zwei Männer. Mittleres Alter, mittlere Größe, mittleres Aussehen. Auf jeden Fall keine Fischer. Die haben den Kahn ins Wasser gelassen, also das Schlauchboot. Dann sind sie mit dem Ding abgebraust. Natürlich viel zu schnell. Hier im Hafen sind nur fünf Knoten erlaubt.« Kurz sah er in die ratlosen Gesichter der drei Jungen. »Sagt bloß, ihr wisst auch nicht, was *Knoten* sind? Das ist die Geschwindigkeit, wie sie auf dem Wasser gemessen wird.« Justus blickte aufs Meer hinaus. »Danke, Mister. Sie haben uns sehr geholfen.«

»Warte, du Landratte. Ich bin noch nicht fertig mit meinen Beobachtungen. Denn kurz vorher kam noch ein Wagen auf das Hafengelände gefahren. Ein weißer Transporter.«

Peter horchte auf. »Mit lauter Beulen im Blech und einem kaputten Seitenfenster?«

»Ja, genau so ein Ding. Schrottreif, würde ich sagen. Da stiegen auch zwei Männer aus.«

»Mittleres Alter, mittlere Größe, mittleres Aussehen?«, fragte Bob und musste dabei grinsen.

»Nein, der eine war ein kleiner Dicker. Und der andere ein großer Dünner. Hatte kaum noch Haare auf dem Kopf und schien der Chef zu sein. Rumkommandiert hat er wie ein Käpt'n. Sein kleiner dicker Kompagnon und die beiden Männer mit dem Schlauchboot mussten nämlich aus dem Lieferwagen eine riesige Holzkiste ausladen. Die haben sie dann auf das Schlauchboot verfrachtet. Keine Ahnung, was da drin war. Aber schwer muss es gewesen sein. Ich dachte schon, der Gummikahn säuft ab. Den verbeulten Lieferwagen haben sie hinter der Bootshalle dort drüben geparkt.«

»Und mehr haben Sie nicht gesehen?«, hakte Justus nach.

»Noch mehr? Das reicht ja wohl. Ich bin doch kein Waschweib! So viel wie mit euch habe ich die ganze Woche noch nicht gesprochen. So, und jetzt muss ich mich weiter um den Rost kümmern.«

Als der Bärtige wieder seine Schleifmaschine anwarf, zeigte Justus auf den großen Schuppen. »Jetzt wird's interessant, Freunde.«

Monstersuche

In der großen Bootshalle standen weitere Schiffe auf Holzböcken. Die breiten Türen waren weit geöffnet. Eine schwarze Katze musterte die Jungen misstrauisch. Vorsichtig gingen die drei ??? weiter. Hinter der Halle entdeckten sie schließlich den weißen Lieferwagen. »Das ist er«, flüsterte Bob. »Beulen im Blech und ein kaputtes Seitenfenster.«

Peter traute sich nicht näher an den Wagen heran. »Was ist, wenn immer noch dieses Monster hinten drinsteckt? Oder was immer das war.«

»Wir werden es gleich erfahren«, sagte Justus mit ruhiger Stimme.

»Was? Willst du da etwa reinschauen?« Peter wusste natürlich, dass Justus sich niemals von seinem Vorhaben abbringen lassen würde. Entschlossen ging der Anführer der drei Detektive auf den Lieferwagen zu. Dann versuchte er, die hintere Tür zu öffnen. »Pech gehabt, verschlossen. Peter, du bist unser Schlossexperte. Bekommst du die auf?«

Leicht genervt ging Peter zur Seitentür mit der zerschlagenen Scheibe. »Ich weiß zwar nicht, ob das erlaubt ist, aber man kann alle Türschlösser mit der Zentralverriegelung im Inneren öffnen.« Dann nahm er seinen ganzen Mut zusammen und steckte seine Hand vorsichtig durch die kaputte Scheibe. Beim Armaturenbrett befand sich ein kleiner Hebel. Als Peter diesen betätigte, hörte man ein leises Klicken. »So, jetzt müssten alle Türen offen sein.«

Justus Jonas unternahm einen zweiten Versuch. Diesmal ließ sich die hintere Tür öffnen. Zunächst zog er sie nur einen Spaltbreit auf. Bob stand dicht hinter ihm. »Und? Siehst du was, Just?«

»Nein, der Laderaum ist leer wie mein Magen.« Peter atmete erleichtert auf. »Sehr gut. Das Monster ist nicht zu Hause.« Als Justus die Tür ganz öffnete, erkannten sie im Inneren Kratzspuren und Beulen. Bob betrachtete diese. »Ein Monster aus Fleisch und Blut war das nicht. Was immer es auch war, es hat rote Lackspuren hinterlassen.«

Justus stand mittlerweile vor der Fahrertür. Auch diese ließ sich öffnen. »Nun seht euch das an! Hier sieht es genauso aus wie im Wagen des Professors. Es ist auch ein selbstfahrendes Auto.«

Bob zeigte auf den Beifahrersitz. »Nur dass die ganzen Antennen und Kameras in Inneren des Wagens angebracht sind.«

Anschließend suchten die drei nach weiteren Hinweisen. Im Handschuhfach wurde Justus fündig. »Da! Jetzt haben wir es. Dieser Zettel hier ist eine Anmeldung für die Meisterschaft der Fußball-Roboter. Wem auch immer dieser Wagen gehört: Er hat sich für das Turnier eingetragen.«

»Dann gibt es nur eine Möglichkeit«, überlegte Bob weiter. »Das im Laderaum war kein Monster, sondern auch ein Fußball-Roboter. Vielleicht hat der Besitzer die Kontrolle über seine Maschine verloren und das Blechding ist durchgedreht?« Dann sah Bob sich den Zettel mit der Anmeldung genauer an. »Eingetragen ist hier ein Antony Silverman. Wohnhaft in Silicon Valley.«

»Silicon Valley?«, wiederholte Peter. »Dort werden die neuesten Computer entwickelt. Das ist in der Nähe von San Francisco. Das passt auf jeden Fall zu Robotern und selbstfahrenden Autos.«

Justus machte im Handschuhfach noch eine weitere Entdeckung. »Und das hier ist eine Landkarte von Rocky Beach und Umgebung.«

Als er die Karte entfaltete, sah man auch den Fischereihafen und das weite Meer. Bob schob seine Brille zurecht. »Seht mal«, rief er aufgeregt. »Es gibt zwei interessante Hinweise. Jemand hat den Hafen mit einem roten Stift eingekreist. Und weiter draußen auf dem Meer ist noch so ein Kreis.«

Jetzt nahm Justus die Landkarte wieder in die Hand. »Und das ist nicht irgendeine Stelle, Freunde. Hier ist nämlich eine winzige Insel eingezeichnet. Diese Insel kenne ich. Onkel Titus und ich waren dort öfter zum Angeln. Soweit ich weiß, befindet sich auf der Insel ein kleines Ferienhaus, das man mieten kann.«

Peter klatschte in die Hände. »Dann wissen wir jetzt, wohin diese Leute mit dem Schlauchboot gefahren sind.« Im selben Moment ärgerte Peter sich, dass er dies ausgesprochen hatte. Er wusste, was jetzt kam.

»Freunde«, rief Justus aufgeregt. »Auf zur Insel.«

»Oh nein«, stöhnte Peter. »Ich hab's geahnt.«

»Wir nehmen das Angelboot von Onkel Titus. Die *Mathilda*. Wir dürfen es benutzen, wenn wir alle Schwimmwesten tragen. Los!«

Am Hafen war der Bärtige immer noch dabei, den Rumpf des rostigen Schiffes abzuschleifen. Aus den Augenwinkeln beobachtete er, wie die drei Jungen über den wackeligen Holzsteg liefen.

Die *Mathilda* war ein kleines Angelboot mit einem Außenbordmotor. Schnell hatten sie die Schwimmwesten angezogen, und Bob löste die Leinen.

Dann startete Justus den Motor. »Die Insel liegt recht nah an der Steilküste. Weit brauchen wir nicht zu fahren. Wir sehen uns da um und sind gleich wieder zurück.« Peter verzog sein Gesicht. »Gleich wieder zurück. Den Satz werde ich mir merken.«

Einsame Insel

Mit langsamer Fahrt tuckerte das kleine Boot an der Hafenmole entlang. Die Möwe auf dem Dach des Schuppens hatte mittlerweile den Fischkopf aufgefressen. Laut krächzend hob sie ab und nahm die Verfolgung auf. Bob winkte ihr zu. »Die glaubt wohl, dass wir zum Angeln rausfahren und dass dabei für sie ein Fisch abfällt.«

Das Meer lag glatt wie ein Spiegel vor ihnen. Am Horizont färbte sich die Sonne glutrot. Justus steuerte die *Mathilda* dicht unter Land in Richtung Norden. Er kannte sich hier gut aus. Peter saß am Bug des Bootes und hielt Ausschau. Plötzlich schoss direkt vor ihm etwas aus dem Wasser. »He! Seht euch das an! Ein Delfin.« Der neugierige Delfin war noch drei Mal zu sehen, dann verschwand er in der Tiefe.

Hinter einer Felsklippe kam schließlich die Insel in Sicht. »Das ist sie!«, rief Justus gegen den Lärm des Motors an und steuerte direkt darauf zu. Aus der Ferne konnte man jetzt das kleine Ferienhaus sehen.

Die Insel war kaum größer als ein Fußballfeld und von einem feinen Sandstrand umgeben. Bob schnappte sich das Fernglas, das zusammen mit anderen Ausrüstungsgegenständen in einer Holzkiste lag. »Wir haben mit unserer Vermutung recht gehabt. Ich sehe das schwarze Schlauchboot. Es ist leer, und die Leute haben es auf den Strand gezogen.«

Justus lenkte die *Mathilda* in einem großen Bogen um die kleine Insel herum. »Wir werden zur Sicherheit auf der anderen Seite anlanden. Ich will nicht entdeckt werden.« Die hungrige Möwe hatte mittlerweile ihre Verfolgung abgebrochen und flog laut schimpfend zum Hafen zurück.

Auf der anderen Seite der Insel sah es nicht viel anders aus. Hinter dem flach abfallenden Strand erhoben sich Palmen und grünes Dickicht. Peter blickte nach unten. »Ich kann schon den Grund sehen. Das Wasser ist hier nicht mehr tief.«

Justus drosselte die Geschwindigkeit, dann schaltete er den Motor ab. Doch der Schwung reichte aus, um sanft am Strand anzulanden. Unter dem Rumpf der *Mathilda* knirschte der Sand. Peter hatte seine Schuhe ausgezogen und hüpfte über die Bordkante ins seichte Wasser. »Herrlich warm. Am liebsten würde ich jetzt baden gehen.« Justus warf ihm ein Seil rüber. »Dafür ist keine Zeit. Wir haben einen Fall zu lösen. Hier, zieh uns an Land!«

Wenig später war das kleine Angelboot am Strand gesichert, und die drei ??? entdeckten zwischen den Palmen einen schmalen Pfad, der ins Innere der Insel führte. Bob ging vorweg und bahnte sich mit einem Stock den Weg durch das Dickicht. »Das ist wie im Dschungel hier. Hoffentlich treffen wir nicht auf Menschenfresser.« Peter fand das gar nicht witzig. »Hör auf, mir Angst zu machen! Ich weiß immer noch nicht, ob das gut ist, was wir hier vorhaben.« Sonderbare Geräusche drangen aus dem Dickicht zu ihnen. Nach einigen Metern erreichten sie schließlich eine offene Lichtung. Justus hielt Bob zurück. »Wir sind da! Dort hinten sehe ich das Ferienhaus. Ab jetzt ganz leise!«

In geduckter Haltung schlichen die Detektive hintereinander zu dem kleinen Haus. Es war aus Holz und hatte ein mit trockenen Palmenwedeln gedecktes Dach. Aus der Ferne waren mehrere Männerstimmen zu hören. Die drei ??? erreichten eine Hecke, hinter der sie sich weiter vorwärtsschleichen konnten. Dann konnten sie auf die andere Seite des Ferienhauses blicken. Hier gab es eine größere Rasenfläche. »Nun seht euch das an«, flüsterte Bob.

Auf dem Rasen standen vier Männer und spielten Fußball. Zwei waren mittelgroß im mittleren Alter. Ein kleiner Dicker rannte schwitzend umher, und ein großer Dünner strich sich mit seiner Hand die wenigen Haare auf dem Kopf zurück. Doch mitten unter ihnen stand noch ein Fünfter: ein Fußball-Roboter.

»Wie wir vermutet haben«, flüsterte Peter. »Der Roboter sieht fast so aus wie der des Professors.« Der Mann mit den wenigen Haaren kickte jetzt den Ball in Richtung des Roboters. »So, und jetzt zeig, was wir dir beigebracht haben. Zwei Jahre Entwicklungsarbeit stecken in dir.« Er nahm eine Fernbedienung zur Hand und betätigte einige Knöpfe. Sofort setzte sich der Fußball-Roboter in Bewegung. »Und wehe, du rastest wieder aus wie im Transporter. Den armen Dave hat es ganz schön erwischt.«

LOVE

Der schwitzende Dicke schüttelte den Kopf. »Nein, Antony, das wird nicht noch einmal passieren. Ich habe alles überprüft und das Computerprogramm neu hochgefahren.«

Der Roboter nahm jetzt den Ball an und dribbelte zwischen den vier Männern hindurch. Seine Gegner versuchten, ihm das Leder wieder abzunehmen. Doch mit einem Hackentrick lenkte der Roboter den Ball an ihnen vorbei. Dann machte er eine Drehung, lupfte das Leder in die Höhe und schoss mit voller Kraft in das provisorisch errichtete Tor.

»Tor!!!«, jubelte der Dicke und riss die Arme hoch. »Ich hab's euch doch gesagt: Der Blechheini funktioniert einwandfrei.«

Doch der Mann mit den wenigen Haaren schien nicht ganz zufrieden zu sein. »Ich hoffe, es reicht, um den Roboter von Elton Maskata zu schlagen. Der alte Fuchs ist ein Computergenie. Ich weiß das, denn ich habe die letzten zwanzig Jahre mit ihm als Partner in Silicon Valley zusammengearbeitet.«

Der Dicke wischte sich wieder den Schweiß aus

dem Gesicht. »Ich weiß, Antony. Und zum Abschluss hast du ihm die Konstruktionspläne für seinen Fußball-Roboter geklaut. Geschieht dem Angeber recht. Ich hätte es genauso gemacht. Jetzt müssen wir nur noch die zehntausend Dollar Preisgeld kassieren.«

»Und das wird nicht einfach werden, Louis. Ich weiß nämlich, dass Elton eine geheime Kamera für seinen Roboter entwickelt hat. Das macht die Maschine noch schneller und treffsicherer. Zu dumm, dass wir ihm die vorhin nicht aus dem Lieferwagen stehlen konnten. Wieso mussten gerade in dem Moment diese drei blöden Gören auftauchen?! Sehr ärgerlich!«

Bob zuckte zusammen. »Frechheit! Der meint uns.«

»Leise«, zischte Peter. »Die hören uns sonst!«

Aber genau das war bereits geschehen. Der dicke Mann drehte sich plötzlich um und zeigte auf die Hecke. »Da ist doch jemand, oder?«

In der Falle

Bob hielt sich vor Schreck den Mund zu. Doch es war zu spät. Mit schnellen Schritten ging der dicke Mann zielstrebig auf die Hecke zu. Verzweifelt versuchten die drei ???, sich so klein wie möglich zu machen. Aber es half nichts: Der Mann hatte sie entdeckt. »Das glaube ich nicht!«, platzte es aus ihm heraus. »Hier verstecken sich die drei Gören

aus der Stadt. Das darf doch nicht wahr sein. Antony, sieh dir das an!«

Dieser war nicht weniger erstaunt. »Wo kommt ihr her? Und wieso seid ihr überhaupt hier? Was habt ihr auf der Insel zu suchen?«

Bob versuchte, sein Missgeschick wiedergutzumachen. »Äh, wir wollten auf der Insel nur ein bisschen baden gehen. Weil es hier so einen schönen Strand gibt.« Die beiden Männer starrten ihn unbeeindruckt an. Da stand Justus entschlossen auf. »Lass es gut sein, Bob. Die glauben uns sowieso nicht.« Dann wandte er sich an den Mann mit den dünnen Haaren. »Sie müssen Antony Silverman sein. Wir wissen Bescheid über Ihre Machenschaften. Um die zehntausend Dollar Preisgeld bei der Meisterschaft der Fußball-Roboter zu gewinnen, wollten Sie Ihren Partner bestehlen. Professor Elton Maskata. Wir wissen alles. Sie haben versucht, den Lieferwagen aufzubrechen, und wurden dabei von uns gestört. Später verfolgten Sie den Transporter bis zum Schrottplatz meines Onkels. Dort haben Sie oder Ihre Leute heimlich die Fingerabdrücke am Schloss der Hintertür abgewischt.«

Für einen Moment schwiegen die beiden Männer verdutzt. Dann fand Antony Silverman die Sprache wieder. »Du scheinst ein aufgewecktes Bürschchen zu sein. Wie heißt du?«

»Ich bin Justus Jonas. Und das sind meine beiden Freunde: Peter Shaw und Bob Andrews.«

»Sieh an, sieh an. Da platzt ihr drei Schnüffelnasen an so einem wichtigen Tag in mein Leben. Das gefällt mir gar nicht. Ganz und gar nicht.« Mittlerweile waren auch die beiden anderen Männer näher gekommen. Einer von ihnen hatte eine frische Platzwunde am Kopf. Antony Silverman erteilte ihnen Befehle. »Dave! Marc! Sucht die ganze Insel ab! Diese drei Clowns sind bestimmt nicht allein da. Ich wette, hier verstecken sich noch mehr.«

Sofort machten sich die beiden Männer auf den Weg und verschwanden wortlos im Dickicht.

»Was machen wir jetzt mit den Jungs?«, fragte der dicke Mann und schwitzte noch mehr.

»Wir gehen alle ins Haus, Louis. Dann sehen wir weiter. Los, vorwärts!«

Mit hängenden Köpfen ließen sich Justus, Peter und Bob ins Ferienhaus führen. Im Wohnzimmer war es heiß und stickig. An der Decke hing ein großer Ventilator und drehte seine Runden. »Los, setzt euch aufs Sofa!«, herrschte sie Silverman an. »Seit wann habt ihr uns hinter der Hecke belauscht?«

Justus ergriff wieder das Wort. »Lange genug, um herauszufinden, was für einen schäbigen Charakter Sie haben.«

Der Mann lief rot an vor Zorn. »Du sagst, ich hätte einen schäbigen Charakter? Dann schaut euch mal Elton Maskata an! Ihr scheint ihn ja gut zu kennen. Zwanzig Jahre musste ich diesen arroganten Kerl in Silicon Valley ertragen. Ich saß Tag und Nacht im Labor, und er heimste den Applaus ein. Ich kann mich noch gut an die Artikel in den wissenschaftlichen Zeitungen erinnern: *Der große Maskata: Durchbruch bei der Robotertechnik. Der geniale Maskata: Vater der künstlichen Intelligenz*. Und ich hab in der Zeitung nicht einmal eine Erwähnung bekommen. Künstliche Intelligenz. Pah! Ich bin da schon viel weiter. Roboter werden unser Leben verändern. Sie werden uns dienen und uns Arbeit abnehmen. Und ich werde sie erschaffen. Ein Heer von gehorsamen Dienern. Und genau für diese Forschungsarbeiten brauche ich die zehntausend Dollar.«

Peter hatte wieder ein wenig Mut gefasst. »Und dafür lassen Sie Ihren Roboter Fußball spielen?« Antony Silverman drückte jetzt wieder einige Knöpfe auf der Fernbedienung. »Fußball? Lächerlich! Die Meisterschaft ist nur Mittel zum Zweck. Mein Roboter kann mehr als dieser lächerliche Robby Ronaldo. Ich nenne meinen Bot übrigens Knecht.« Dann sprach er in ein kleines Mikrofon an der Fernbedienung. »Knecht! Schenke unseren drei ehrenwerten Gästen Cola ein. Aber mit Eis. Und ein bisschen plötzlich!«

Sekunden später sauste der gelenkige Roboter ins Zimmer. Blitzschnell öffnete er den Kühlschrank,

füllte drei Gläser mit Cola und Eiswürfeln und servierte anschließend den drei ??? die Getränke auf einem Tablett. Antony Silverman strahlte. »Fantastisch, oder? Kein Murren, keine Widerrede. Er gehorcht aufs Wort. Ich könnte ihm auch befehlen, euch die Ohren lang zu ziehen. Da wird es keine Diskussionen geben. Mein Knecht macht es, weil ich es ihm befehle.«

Der dicke Mann neben ihm trat nervös von einem Fuß auf den anderen. »Alles schön und gut,

Antony. Aber was machen wir jetzt mit den drei Gören?« Silverman strich sich seine wenigen Haare zurück. »Wir müssen unseren Plan ändern. Und dabei hatte ich alles so schön bedacht: Hier auf der Insel hätten wir ungestört den Roboter trainieren können. Auch die geklaute Spezialkamera von Elton wollte ich hier in aller Ruhe einbauen. Daraus wird jetzt nichts. Selbst wenn keine weiteren Leute auf der Insel sind, bald werden welche auftauchen und nach den Blagen suchen. Wir packen alles zusammen und verschwinden.«

»Aber was ist mit uns?«, fragte Bob kleinlaut.

»Ihr bleibt hier. Dann könnt ihr uns wenigstens morgen bei der Meisterschaft nicht in die Suppe spucken. Irgendeiner wird euch schon finden. Im Schrank neben dem Kühlschrank sind noch ein paar Konservendosen. Guten Appetit.«

In diesem Moment kamen die beiden Männer zurück. »Chef, wir haben jeden verdammten Winkel auf der Insel abgesucht. Hier ist niemand außer uns.«

»Gute Arbeit, Männer. Los, packt den Roboter in die Kiste, sammelt alles ein, und dann verschwinden wir mit dem Schlauchboot. Heute Nacht schlafen wir in irgendeinem Hotel. Und um den Superroboter von Maskata kümmern wir uns auch noch. Da fällt mir schon etwas ein. Und jetzt los! Es wird gleich dunkel.«

Die drei ??? wagten sich auf ihrem Sofa nicht zu rühren. Auch die Cola tasteten sie nicht an. Ihnen war der Appetit vergangen. Durch das kleine Fenster im Ferienhaus sahen sie, wie der Roboter in der Holzkiste verstaut wurde. Dann trat ihnen ein letztes Mal Antony Silverman gegenüber. »Genießt die Zeit auf eurer Privatinsel«, grinste er. »Andere zahlen ein Vermögen dafür. Ich hoffe, ich sehe euch nie wieder. Man steckt seine Nase nicht inanderer Leute Angelegenheiten. Gute Nacht.«

Die drei ??? warteten, bis sie vom Strand her den Motor des Schlauchbootes hörten. Dann stand Peter auf. »Sie sind weg. Los, wir müssen zur *Mathilda*!«

So schnell sie konnten, rannten die drei Freunde durch das Dickicht zum Strand. Es dämmerte bereits, und der Wind hatte aufgefrischt. Doch als sie aufs Meer hinausblickten, wurden Justus' schlimmste Befürchtungen wahr. »Verdammt! Ich habe es mir gedacht. Die Männer haben die *Mathilda* ins Wasser geschoben, damit wir nicht wegkönnen.« Entsetzt blickten die drei ??? auf das kleine Angelboot. Es trieb weit draußen auf dem Ozean in Richtung Küste.

Peter sank auf die Knie. »Mist! Der Wind treibt die *Mathilda* immer weiter weg von uns. Es ist unmöglich, hinterherzuschwimmen.«

Robinson Crusoe

»Das war's, Freunde«, stöhnte Bob. »Wir sind auf der Insel gefangen.« Am Himmel leuchteten die ersten Sterne, und der helle Mond schob sich über den Rand der fernen Steilküste. Wütend warf Peter einen Stein ins Wasser. »Wir sind gleich wieder zurück, wir sind gleich wieder zurück ... Ich hab noch den Satz von Justus im Ohr«, schimpfte er. Bob versuchte, seinen Freund zu beruhigen. »Es ist kein guter Zeitpunkt, uns gegenseitig Vorwürfe zu machen. Lasst uns lieber überlegen, was wir jetzt tun können.« Justus setzte sich in den Sand und ließ den Kopf hängen. »Wir können gar nichts tun. Nur abwarten. Auf Hilfe können wir vor morgen nicht hoffen. Tante Mathilda wird denken, ich schlafe bei einem von euch.« Bob nickte. »Und unsere Eltern werden denken, wir übernachten bei dir. Das ist für die völlig normal.«

Mutlos gingen die drei wieder zurück zum Ferienhaus. Nur noch das Rauschen der Brandung war zu hören. Die Nacht war hereingebrochen. Im Haus schalteten sie das Licht an, und Bob nahm jetzt doch einen Schluck Cola. Die Eiswürfel waren bereits geschmolzen.

»Das mit der künstlichen Intelligenz macht mir wirklich Angst. Habt ihr gesehen, wie der Roboter Silverman aufs Wort gehorcht? Der hätte uns wirklich die Ohren lang gezogen, wenn es ihm befohlen worden wäre.«

Peter nahm sich auch ein Glas Cola. »Klar, es ist ja ein Computer. Der ist programmiert. Ich kann nur hoffen, dass in der Zukunft nicht wahr wird, was Silverman sich wünscht.«

Justus durchsuchte den Schrank neben dem Kühlschrank. »Zumindest haben sie uns die Dosen dagelassen. Mal sehen: serbischer Bohneneintopf mit Speck.«

Bob verzog das Gesicht. »Bäh! Gibt es da noch etwas anderes?«

»Fischsuppe mit Graupen. Keine Ahnung, was Graupen sind. Und hier: Früchte im eigenen Saft.« In einer Schublade fanden sie einen Dosenöffner, und hungrig machten sie sich über den Frucht-Cocktail her.

»Eine Sache macht mir Sorgen«, sagte Justus mit vollem Mund.

»Mir macht hier alles Sorgen«, schmatzte Peter.

»Ihr habt doch gehört, was Silverman gesagt hat«, fuhr Justus fort. »Er will sich um den Superroboter von Professor Maskata kümmern. Ich denke, das bedeutet nichts Gutes. Und wir sitzen hier in der Falle und können nicht helfen.«

Bob löffelte den Rest Fruchtsaft aus der Dose. »Ich würde gern erst mal uns selbst helfen.«

Im Nebenzimmer standen zwei Etagenbetten. Müde suchte sich jeder der drei einen Schlafplatz. Die frische Bettwäsche roch nach Rosen.

»Auch das noch«, stöhnte Bob. Von draußen hörte man, wie der Wind durch die Palmen strich. Durch das kleine Fenster schien der Mond ins Zimmer. Dann schlief einer nach dem anderen ein.

Die drei Freunde bekamen nicht mit, wie in der Nacht dunkle Wolken über die Insel hinwegzogen.

Regentropfen prasselten auf das Palmendach.

Doch der starke Wind wehte später die Wolken fort, und am Morgen wurden sie durch einen prächtigen Sonnenaufgang geweckt. Bob rieb sich verschlafen die Augen und sah sich irritiert um. »Und ich dachte, ich hätte das alles nur geträumt. Wir sind wirklich auf dieser Insel gefangen. Ich fühle mich wie Robinson Crusoe.«

Peter schob seine Decke beiseite. »Bei Robinson Crusoe ist die Geschichte zumindest gut ausgegangen. Bei uns wird sich das noch zeigen.«

Auch Justus war nun wach. »Die Sache muss gut enden. Irgendeiner wird uns schon finden.«

Peter dachte an den Roman von Robinson Crusoe. Erst vor Kurzem hatte er die Geschichte von dem Schiffbrüchigen gelesen, der sich auf eine einsame Insel rettet. »Moment, Freunde, hat Robinson nicht am Strand ein großes Feuer entfacht, damit die Schiffe ihn sehen konnten?« Bob sprang aus dem Bett. »Stimmt! Wieso sind wir nicht früher draufgekommen? Unten am Strand liegt genug Treibholz, und in einer Schublade habe ich Streichhölzer gesehen. Los, wir machen ein Feuer!«

Aufgeregt liefen die drei ??? zum Sandstrand und schichteten Treibholz und Äste übereinander. Dazwischen stopften sie trockenes Dünengras.

Bob nahm die Streichhölzer. »Vom Regen ist alles noch etwas nass. Ich hoffe, es funktioniert.« Doch der Wind blies die Streichhölzer immer wieder aus. Erst als sie eine Schutzwand aus Sand bauten, gelang es ihnen. Eine kleine Flamme loderte auf, und Bob legte vorsichtig weiteres Dünengras darüber. Schließlich übertrug sich die Flamme auf die Hölzer, und wenig später prasselte ein großes Feuer. Es qualmte stark, denn das Holz war sehr feucht. Peter jubelte. »Perfekt. Der Rauch steigt hoch in den Himmel auf. Das müsste aus der Ferne gut zu sehen sein.«

Jetzt blieb den drei ??? nichts anderes übrig, als abzuwarten. Immer wieder legten sie Holz nach, damit das Feuer nicht ausging.

Justus hatte mit seinem Onkel schon oft Feuer am Strand gemacht. Dabei hatten sie dann immer Kartoffeln, die in Aluminiumfolie eingewickelt waren, in die Glut gelegt. Bei diesem Gedanken hörte er, wie sein Magen zu grummeln anfing.

Plötzlich sprang Peter auf. »He! Ich glaube, dort hinten sehe ich ein Schiff. Ja, ganz sicher. Es ist ein Fischerboot. Und es kommt direkt auf uns zu.«

Aufgeregt warfen die Jungen jetzt das gesamte restliche Holz ins Feuer. Dann rannten sie zum Wasser und winkten mit den Armen. »Hallo! Hier sind wir!«

Als das Fischerboot sich weiter näherte, machten sie noch eine erstaunliche Entdeckung: An einer langen Leine wurde die *Mathilda* hinterhergezogen.

Bob putzte seine Brille sauber. »Jetzt erkenne ich den Kapitän. Es ist der Bärtige mit der Schleifmaschine.«

Der Schiffsführer hupte laut, und die drei wussten, dass sie gesehen worden waren. Kurz darauf befand sich das Fischerboot in Hörweite, und der Bärtige winkte ihnen zu. »Jungs, was macht ihr für Sachen? Ich werde jetzt vor der Insel den Anker werfen und euch mit dem kleinen Angelboot abholen. Denn näher kann ich mit meinem großen Kahn nicht ranfahren, ohne auf Grund zu laufen.« Die drei ??? klatschten sich jubelnd ab und löschten das Feuer mit Sand.

Kurz darauf erreichte der Bärtige mit der *Mathilda* den flach abfallenden Strand. »Beim Klabautermann! Ihr macht vielleicht Unfug. Ich habe heute Morgen das kleine Angelboot herrenlos auf dem Meer treiben sehen. Natürlich bin ich mit meinem Fischerboot sofort los und habe es an die Leine gelegt. Gut, dass ihr ein Feuer gemacht habt. Den Qualm konnte man nicht übersehen.«

Wenig später standen die drei ??? an Deck des Fischerbootes, und die *Mathilda* hing wieder an der Leine. Mit langsamer Fahrt ging es zurück zum Hafen. Aufgeregt berichteten Justus, Peter und Bob, was ihnen widerfahren war. Doch so ganz schien der Bärtige die Geschichte nicht zu verstehen. »Künstliche Intelligenz? Roboter? Was ist denn das für ein Quatsch?! Ach, kann mir auch egal sein. Hauptsache, ihr seid wieder heil von der Insel runter.«

Im Hafen herrschte an diesem Morgen hektisches Treiben. Die ersten Boote liefen aus, und an der Kaimauer wurden Kisten verladen. Hungrige Möwen zogen kreischend ihre Bahnen. Sobald das Fischerboot des Bärtigen festgemacht war, sprangen die drei von Bord. Justus bedankte sich. »Ohne Sie würden wir immer noch auf der Insel festsitzen, Sir, und die *Mathilda* wäre wahrscheinlich an den Felsen zerschellt. Danke.«

»Wie heißen Sie eigentlich?«, fragte Bob neugierig.

»Wie ich heiße?«, brummte der Mann und kraulte sich den Bart. »Robinson. Ich heiße Robinson.«

Spezialtrick

Vom gelben Jeep mit dem Bootsanhänger und vom zerbeulten weißen Lieferwagen war nichts mehr zu sehen. Eilig rannten die drei ??? zu ihren Rädern. Die Sonne stand jetzt hoch am Himmel, und es wurde immer wärmer. Als sie kurz darauf durch die Toreinfahrt des Schrottplatzes fuhren, war Tante Mathilda gerade dabei, Wäsche aufzuhängen. »Guten Morgen, ihr drei. Habt ihr gut geschlafen?«

Justus sah sie etwas nervös an. »Äh, ja. Alle in einem Zimmer.«

»Das habe ich mir gedacht. Das nächste Mal könnt ihr ja auch alle mal wieder bei *dir* im Zimmer übernachten.« Justus nickte und war froh, dass er seine Tante nicht anlügen musste. Dass sie alle drei zusammen in einem Zimmer übernachtet hatten, entsprach ja der Wahrheit. *Wo* dieses Zimmer gewesen war, erzählte er lieber nicht. »Ihr seht hungrig aus«, bemerkte Tante Mathilda. »Kommt mit! Ich mache euch ein kräftiges Frühstück.«

Das ließen sich die drei ??? nicht zweimal sagen. Gierig machten sie sich über Rühreier, Toastbrot und gebratenen Speck her. Zum Nachtisch brachte Tante Mathilda Kirschkuchen. »Titus und der Professor sind schon in aller Frühe in die Stadt gefahren. Die ganze Nacht haben sie noch am Fußball-Roboter gearbeitet.«

Justus Jonas wischte sich den Mund mit dem Handrücken ab. »Das heißt, der Roboter war die ganze Zeit beaufsichtigt?«

»Ja, die beiden haben ihn nicht eine Minute aus den Augen gelassen. Wieso fragst du, Justus?«

»Ach, nur so.«

Als Tante Mathilda wieder in der Küche verschwunden war, zog Justus seine Freunde zu sich heran. »So wie es aussieht, hat Antony Silverman seine Drohung noch nicht wahr machen können.«

Bob nickte. »Ich gehe jede Wette ein, dass die Typen ansonsten versucht hätten, die geheime Kamera zu stehlen.«

Peter sah das genauso. »Jetzt haben sie nur noch die Möglichkeit, auf dem Marktplatz zuzuschlagen. Die Meisterschaft müsste bald beginnen. Los, wir dürfen keine Zeit verlieren.« Die drei bedankten sich bei Tante Mathilda und schwangen sich wieder auf ihre Räder.

Der Marktplatz war brechend voll. Überall dröhnte aus großen Lautsprechern Musik, und bunte Fahnen flatterten im Wind. Um das Fußballfeld herum standen hinter den Seitenbanden die Menschen dicht an dicht. Nur auf der Tribüne waren noch einige Plätze frei, denn hierfür musste man extra Eintrittsgeld bezahlen. Mitten in der Menge entdeckte Peter Kommissar Reynolds. »Sollen wir den Kommissar in die Sache einweihen? Wer weiß, wozu die vier fiesen Typen noch in der Lage sind.« Der Kommissar hatte die drei ??? jetzt auch bemerkt und winkte ihnen fröhlich zu. Justus Jonas aber hatte ganz andere Sorgen. »Selbst wenn wir ihm alles erzählen, was soll er tun? Bisher haben wir keinen einzigen Beweis gegen Silverman und seine Leute. Nicht einmal Fingerabdrücke an dem Schloss des Lieferwagens.«

»Aber sie haben uns doch auf der Insel gefangen gehalten«, erwiderte Peter. »Und dann haben seine Leute die *Mathilda* ins Wasser geschoben. Das kann doch nicht ungestraft bleiben, Just.«

»Silverman wird behaupten, dass der Wind das Angelboot ins Meer getrieben hat. Für alles andere steht Aussage gegen Aussage. Reynolds kann erst eingreifen, wenn wir Silverman auf frischer Tat ertappen. Doch auf jeden Fall müssen wir Professor Maskata warnen.«

»Und das sollten wir schnell tun«, fuhr Bob fort. »Wir werden ihn und deinen Onkel in einem der Mannschaftszelte finden.«

Die drei ??? versuchten, sich einen Weg durch die Menge zu bahnen. Die senkrecht stehende Sonne brannte jetzt unerträglich heiß auf den Marktplatz.

Doch es war nicht leicht vorwärtszukommen, und ihr Weg endete an einem hohen Absperrgitter. Dahinter stand ein grimmig aussehender Ordnungshüter. Er trug eine dunkle Sonnenbrille. Schweißperlen rannen über sein Gesicht.

»Wir müssen dringend zum Mannschaftszelt von Professor Elton Maskata«, sagte Peter. »Bitte lassen Sie uns durch!«

Der Mann starrte ihn an. »Zeigt mir eure Zugangsberechtigungen.«

»So etwas haben wir nicht. Aber es ist dringend, und ...«

»Ohne Zugangsberechtigung kein Zugang«, unterbrach ihn der Ordnungshüter barsch.

Justus zog Peter beiseite. »Vergiss es. Mit solchen Typen ist nicht zu reden. Der wird uns niemals reinlassen. Hier brauchen wir einen Spezialplan.«

»Und: Hast du einen Spezialplan?«, fragte Bob nach.

Justus knetete seine Unterlippe. »Noch nicht, aber gleich.« Regungslos stand der Anführer der drei ??? da und schloss die Augen.

»Und?«, drängte Peter.

»Gleich. Stör mich nicht!«

Auf der Tribüne hatte das Filmteam mittlerweile seine Kameras in Stellung gebracht. Eine Reporterin interviewte den Spielleiter der Fußball-Roboter-Meisterschaft. Dieser war wie ein Schiedsrichter gekleidet. Plötzlich schnippte Justus mit den Fingern. »Ha! Jetzt habe ich einen Plan. Schnell, wir müssen bei Porter eine große Flasche Wasser kaufen.«

Peter sah ihn verwundert an. »Wie? Das soll ein Spezialplan sein? Den musst du uns erklären.«

»Dafür ist jetzt keine Zeit. Und ich weiß auch nicht genau, ob er funktioniert. Aber einen Versuch ist es wert. Los!« Ohne weiter nachzufragen, folgten Peter und Bob ihrem Anführer.

In Porters Laden war jede Menge los. Mit hochrotem Kopf stand der Kaufmann hinter seiner Kasse und kassierte die Kunden ab. »Kommen Sie und kaufen Sie«, krächzte er mit heiserer Stimme. »Bei mir gibt es die besten Fußballtröten. Nur zwei Dollar das Stück.« Bob schüttelte den Kopf. »Der hat schnell mal seine Preise verdoppelt.« Auch für die große Flasche Wasser musste Justus mehr bezahlen als sonst.

Wenig später standen sie wieder vor dem Ordnungshüter am Absperrzaun. Peter und Bob hatten immer noch keine Ahnung, was Justus vorhatte. Dieser reichte jetzt dem schwitzenden Mann die Wasserflasche durch die Gitterstäbe des Zaunes. »Mister, das ist ein Geschenk von Mr Porter. Er kümmert sich um alle Mannschaften und Helfer dieser Veranstaltung. Und wir helfen, die Erfrischungen zu verteilen.«

Der Mann nahm für einen kurzen Moment seine Sonnenbrille ab und sah Justus tief in die Augen. »Porter verschenkt was? Das ist ungewöhnlich. Aber was soll's. Ich verdurste in der Gluthitze. Danke.« Der Mann leerte die Flasche in einem Zug.

»Ich verstehe immer noch nicht, was das bringen soll«, flüsterte Peter.

»Abwarten, Freunde. Abwarten!«

In den nächsten Minuten kamen mehrere Personen und zeigten dem Ordner ihre Zugangsberechtigungen. Jedes Mal schob der Mann das Gitter ein wenig zur Seite und ließ sie durch. Doch nach einer Weile trat er nervös von einem Fuß auf den anderen. Dann sah er sich um und verschwand schnell in einem Zelt. Darüber hing ein Schild: TOILETTEN.

Bob grinste Justus breit an. »Jetzt verstehe ich deinen Spezialtrick mit der Wasserflasche. Der hätte sich fast in die Hose gemacht.«

Justus grinste genauso breit. »Der Trick hat funktioniert. Los! Der Weg ist frei!«

Grillschweinchen

Schnell schoben die drei ??? das Absperrgitter beiseite und schlüpften durch die Lücke. Justus trieb seine Freunde an. »Beeilung, der kommt gleich wieder.«

Vor den Mannschaftszelten war viel los, und schnell verschwanden die drei in der Menge. »Jetzt kommt der schwierigere Teil unserer Mission«, erklärte Justus. »Wir müssen herausfinden, in welchem Zelt Onkel Titus und der Professor mit Robby Ronaldo stecken. Wie ihr seht, sind die Zelte verschlossen. Niemand will sich hier in die Karten sehen lassen.« Bob ging zielstrebig auf ein Zelt zu. »Uns bleibt nichts anderes übrig, als eins nach dem anderen auszuprobieren. Mit diesem fangen wir an.« Vorsichtig zog er die weiße Plane zur Seite.

»Und? Kannst du etwas sehen?«, fragte Peter ängstlich.

»Nicht so richtig. Innen ist noch eine Plane aufgehängt.«

Jetzt blickten alle drei ins Zelt hinein. Plötzlich schob sich hinter der inneren Plane ein stählernes Ungetüm heraus. Es war das zum Fußball-Roboter umgebaute Mofa von Skinny Norris. »Was wollt ihr drei kleinen Schweinchen denn hier?«, grunzte der Junge sie an. »Ihr wollt mich doch wohl nicht ausspionieren? Na wartet!« Wütend legte er einen Hebel um, und es begann zu zischen. Peter ahnte, was gleich passieren würde. »Schnell! Alle raus hier!« Entsetzt sprangen die drei zurück. Es war im letzten Moment, denn durch das geöffnete Zelt schoss ein kleiner Feuerstrahl heraus. Peter half Justus wieder auf die Beine. »Das war der eingebaute Flammenwerfer. Skinny ist echt irre.«

Der ältere Junge stand jetzt im Eingang seines Zeltes und bekam sich kaum wieder ein vor Lachen. »Was für ein Spaß«, gluckste er. »Und das war nur halbe Kraft. Ich will ja niemanden verletzen. Hätte ich den Flammenwerfer voll aufgedreht, dann wären aus euch drei kleine Grillschweinchen geworden. Haha!«

Eilig verschwanden die drei ??? von dem Zelt.

Bob schob seine Brille zurecht. »Ich kann nur hoffen, dass wir nicht bei jedem Zelt so eine böse Überraschung erleben.« Justus sah sich auf dem Gelände um. »Nein, denn ich glaube, ich habe das richtige Zelt gefunden.« Er zeigte auf ein großes Grillfass, das vor einem der Mannschaftszelte stand. »Dieses

Grillfass gehört Onkel Titus. Er wollte doch Würstchen und Maiskolben grillen. Los!«

Vorsichtshalber öffneten sie diesmal nicht gleich die Plane am Zelteingang. »Onkel Titus?«, rief Justus. »Professor Maskata? Sind Sie hier drin?« Es dauerte nicht lange und Justus' Onkel steckte seinen Kopf heraus. »Na, das ist ja eine Überraschung.« Auch der Professor kam nun zum Vorschein. »Nanu? Wie seid ihr denn auf das Gelände gekommen? Da braucht man doch eine Zugangsberechtigung?«

Bob grinste. »Spezialtrick.«

Elton Maskata führte die drei ins Zelt. »Schnell, rein mit euch. Hier haben die Wände Ohren.« Im Zelt saß auf einer Holzkiste bewegungslos Robby Ronaldo. Onkel Titus und der Professor hatten ganze Arbeit geleistet. Die Maschine sah nun wirklich aus wie ein Fußballspieler.

Justus Jonas stellte sich vor den Professor und sah ihn mit ernster Miene an. »Mr Maskata, wir müssen Ihnen etwas berichten. Es ist sehr wichtig.«

Mit so wenigen Worten wie möglich erzählte Jus-

tus die ganze Geschichte. Mit großen Augen hörten sein Onkel und der Professor zu. Justus berichtete von den verschwundenen Fingerabdrücken, der Insel, dem Ferienhaus und den Drohungen, die Antony Silverman ausgesprochen hatte. »Und darum wollen wir Sie warnen. Silverman hat irgendetwas vor.«

Der Professor musste sich erst einmal auf die Holzkiste setzen. »Ich hätte nicht gedacht, dass Antony dazu imstande ist. Das ist ja schon fast kriminell.« Auch Onkel Titus war fassungslos. »Wo seid ihr nur da reingeraten, Jungs? Erzählt davon bloß nichts Mathilda. Zum Glück habt ihr Schwimmwesten getragen und die Nacht allein auf der Insel gut überstanden.«

»Was werden Sie jetzt unternehmen, Professor?« Elton Maskata stand langsam wieder auf. »Wir werden aufpassen. Und Robby Ronaldo dürfen wir keine Sekunde allein lassen. Antony wartet nur auf so einen Moment. Er will mir garantiert die geheime Kamera stehlen. Nach zwanzig Jahren Zusammenarbeit kenne ich ihn gut. Er hat sich sehr verändert. Wir waren früher einmal Freunde.«

Dann trat Maskata entschlossen zum Zeltausgang. »Aber ich werde mir nicht die Meisterschaft verderben lassen. Robby Ronaldo wird antreten, und wir werden das Turnier gewinnen!«

Onkel Titus klatschte in die Hände. »So will ich dich hören, Elton. Das ist Sportgeist. Mögen die Spiele beginnen!«

Anpfiff

Onkel Titus schnappte sich einen großen Sack Holzkohle und ging damit nach draußen zu seinem Grillfass. »Der Plan ist folgender: Ich bleibe hier, kümmere mich um den Grill und bewache Robby Ronaldo. Zur Not verteidige ich ihn mit meiner Grillzange. Ihr drei Jungs und Elton haltet den Kontakt zur Turnierleitung. Wir müssen wissen, wann wir dran sind und gegen welchen Gegner wir antreten.« Elton Maskata klopfte Onkel Titus auf die Schulter. »Danke, mein Freund!«

Von der Tribüne her war jetzt eine laute Fanfare zu hören. Die Spiele hatten begonnen. Der Professor und die drei ??? gingen gemeinsam zum Durchgang, der auf das Spielfeld führte. Hier stand der Spielleiter. In der Hand hielt er ein Megafon. »Meine

Damen und Herren, liebe Mannschaften. Ich begrüße Sie zur Meisterschaft der Fußball-Roboter in Rocky Beach.« Alle Augen und auch die Kameras des TV-Teams waren auf ihn gerichtet.

Die Menge applaudierte, und der Kommissar des Küstenstädtchens winkte den drei Freunden von der Tribüne aus zu. Der Spielleiter fuhr fort. »Als Erstes tritt an: die Mannschaft aus Santa Monica mit ihrem fliegenden Roboter.«

Plötzlich sauste über die Köpfe des Publikums eine Drohne. An der Unterseite waren sonderbare Saugnäpfe angebracht. Peter sah den Professor verwundert an. »Fliegende Roboter sind auch erlaubt?« Elton Maskata nickte. »Bei dieser Meisterschaft ist alles erlaubt. Natürlich nur auf dem Spielfeld. Es geht darum, wer in zehn Minuten am meisten Tore schießt. Bei einem Unentschieden scheiden beide aus. Und wenn ein Roboter kaputtgeht, dann hat natürlich die andere Mannschaft gewonnen.«

Jetzt stellte der Spielleiter die zweite Mannschaft vor. »Und als Gegner begrüße ich das Team aus Malibu mit seinem Monster-Roboter!«

Aus einem der Mannschaftszelte schob sich ein riesiger Roboter heraus. Mit mächtigen Schritten betrat er das Spielfeld. Bob stand der Mund offen. »Der ist so groß wie eine Straßenlaterne.«

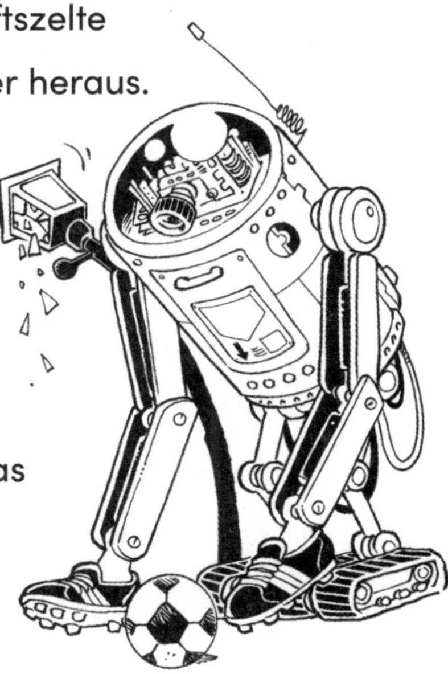

Dann pfiff der Spielleiter das Match an, und die Menge jubelte. Der Ball lag in der

Mitte des Spielfeldes, und der Monster-Roboter jagte auf ihn zu. Hinter der Bande standen die beiden Mannschaften. Sie trugen jeweils die gleichen bedruckten T-Shirts und einige hielten Fernsteuerungen in den Händen. Doch bevor der Riese an den Ball gelangte, schnappte sich die Drohne mit dem Saugrüssel das Leder. Dann flog sie auf das gegnerische Tor zu und ließ den Ball ins Netz fallen.

»Eins zu null für die Mannschaft aus Santa Monica«, rief der Spielleiter durchs Megafon.

Hektisch hantierte die Mannschaft aus Malibu an der Fernbedienung. Doch es half nichts. Beim nächsten Anstoß war wieder die fliegende Drohne schneller. Doch diesmal schien der Monster-Roboter darauf vorbereitet zu sein. Er sprang in die Höhe, machte dabei einen Fallrückzieher und traf dabei den Ball mitsamt Drohne mit voller Wucht.

Die Drohne zersprang in tausend Stücke, und der Ball landete im Netz. »Malibu gewinnt durch K. o. und ist eine Runde weiter.« Die Mannschaft aus Santa Monica sammelte die Bruchstücke ihrer

Drohne ein und verließ mit hängenden Köpfen das Spielfeld.

Als Nächstes wurde Skinny Norris vom Spielleiter aufgerufen. Laut knatternd ließ er sein umgebautes Mofa auf das Spielfeld fahren. Der Erzfeind der drei ??? hatte die Fernbedienung dabei fest in der Hand. »Hier kommt der Skinny-Roboter. Keiner kann mich schlagen«, schrie er in die Menge. Sein Gegner war die Mannschaft aus Tapanga Beach. Es handelte sich um eine ganze Schulklasse, die zwanzig kleine Mini-Fußball-Roboter auf das Spielfeld ließ. Sie waren in etwa so groß wie Schildkröten und bewegten sich auf Rollen. Skinny verschluckte sich fast vor Lachen. »Das sind doch keine Gegner, sondern Opfer.«

Kaum war das Spiel angepfiffen, setzte Skinny Norris seinen Flammenwerfer ein. Mit dem Feuerstrahl erledigte er gleich zwei der Mini-Roboter auf einmal. Sie flammten kurz auf, gaben ein helles Quieken von sich und lagen dann bewegungslos auf dem Spielfeld. Skinny lachte dreckig, und sein

Roboter-Mofa schnappte sich den Ball. Mit hoher Geschwindigkeit jagte er diesen mit dem Vorderreifen vor sich her.

Doch plötzlich schoss einer der Mini-Roboter an ihm vorbei und rollte direkt zwischen die Speichen des Vorderrades. Sofort blockierte das Rad, und der Mini-Roboter wurde zerquetscht. Doch das Opfer hatte sich gelohnt: Das umgebaute Mofa kippte vornüber und schleuderte gegen einen der Torpfosten. Es knallte, qualmte und zischte. Mit einer letzten Flamme hauchte die Maschine ihr Leben aus.

Skinny warf wütend die Fernbedienung auf den Boden. »Schweinerei! Ich werde mich beschweren.« Wütend dampfte er ab.

Der Professor blickte anerkennend zur Mannschaft aus Topanga Beach. »Nicht schlecht. Die Roboter haben sich wie Ameisen verhalten. Da wird einer geopfert, um am Ende den gesamten Ameisenstaat gewinnen zu lassen.«

Schließlich wurde Antony Silverman aufgerufen. Mit stolzgeschwellter Brust trat dieser aus seinem Mannschaftszelt. Ihm folgten der kleine Dicke namens Louis sowie Dave und Marc. Als Silverman die drei ??? in der Menge sah, stutzte er für einen Moment. Doch er hatte sich schnell wieder gefasst. »Sieh an, unsere Inselbewohner. Ich hoffe, ihr hattet eine schöne Zeit.«

Bob blickte ihn wütend an. »Was für ein fieser Typ.«

Silvermans Fußball-Roboter lief sich am Spielfeldrand warm, und der Erfinder hantierte mit der Fernbedienung. »Los, Knecht! Gib alles!«

Die Gegner kamen aus San Francisco und stellten gleich drei Spieler auf den Platz. Die drei Roboter waren schneeweiß und glänzten in der Sonne. Silverman spuckte verächtlich auf den Boden. »Von mir aus können die mit dreißig Mann kommen. Mein Knecht besiegt sie alle.«

Das Spiel wurde angepfiffen, und einer der Roboter aus San Francisco schnappte sich den Ball. Doch sofort grätschte Knecht dazwischen und schoss das Leder ins Tor. »Eins zu null«, jubelte Silverman. »Siehst du, Louis, es läuft wie am Schnürchen.« Der dicke Mann stand neben ihm und wischte sich permanent den Schweiß aus dem Gesicht. Die Mannschaft aus San Francisco hatte wirklich keine Chance gegen den hoch entwickelten Fußball-Roboter. Am Ende der zehn Minuten stand es sieben zu null. »Spiel, Satz und Sieg«, grölte Silverman. »Vor euch steht die Zukunft der Robotronik.«

Der Spielleiter rief die nächste Mannschaft auf. »Aufs Feld kommt jetzt Professor Maskata mit seinem Roboter Robby Ronaldo.«

Torwandschießen

Wieder applaudierte die Menge, und Onkel Titus trat mit dem Roboter aus dem Zelt. Justus, Peter und Bob jubelten ihm zu. »Bravo! Robby! Du schaffst das!« Dann warteten alle gebannt, welcher Gegner ihnen zugedacht war. Der Schiedsrichter rief eine Mannschaft aus Hollywood auf den Platz. Elton Maskata wirkte etwas nervös. »Hm, die Leute in Hollywood haben gute Techniker und Konstrukteure. Solche Spezialisten braucht man in der Hauptstadt des Films.«

Vier Männer rollten nun zwei große schwarze Kisten auf das Spielfeld. Onkel Titus klopfte seinem Freund auf die Schulter. »Elton, ich glaube nicht, dass du vor diesen klobigen Dingern Angst zu haben brauchst. Mit denen wird Robby locker fertig.«

Aus den Augenwinkeln beobachtete Justus Antony Silverman. Neben ihm stand der dicke Louis und hielt einen Laptop in den Händen. An der Seite ragte eine sonderbare Antenne heraus. Doch dann wurde Justus abgelenkt, denn das Spiel wurde angepfiffen, und der Fußball-Roboter von Professor Maskata ergatterte gleich den Ball. Als er jedoch damit zum gegnerischen Tor laufen wollte, öffnete sich bei einer der schwarzen Roboter-Kisten plötzlich ein kleines Loch. Eine lange Röhre schob sich heraus und pustete mit einem unwahrscheinlich starken Luftstrahl den Ball von Robby Ronaldos Füßen weg. Fast wäre das Leder auf diese Weise ins Tor geflogen. Die Menge stand auf und applaudierte. Selbst Elton Maskata war beeindruckt. »Nicht schlecht, die arbeiten mit Pressluft!«

Fast unbemerkt hatte sich inzwischen der zweite schwarze Kasten langsam auf seinen Rollen zum eigenen Tor bewegt. Dort verharrte er auf der Torlinie. Robby Ronaldo preschte jetzt wieder mit dem Ball vorwärts und konnte dem gefährlichen Druckluftstrahl ausweichen. »Knall das Ding rein!«, brüllte Onkel Titus über den Platz. Doch es kam anders, denn blitzschnell sprang auch bei dem zweiten Kasten eine Klappe auf und lange Metallstreben schossen heraus. Sie spreizten sich zu einem Fächer auf und versperrten wie eine Mauer das Tor. Robby Ronaldo schoss den Ball, doch dieser prallte an dem Metallfächer ab. Und so ging es weiter. Selbst wenn Robby den Druckluftattacken ausweichen konnte, scheiterte er immer wieder an der Mauer. Es gab einfach kein Durchkommen.

Der Professor konnte nur verzweifelt zuschauen. »So ein Mist! Irgendwann schießt mir dieser Druckluftheini noch aus Zufall ein Tor.«

Peter betrachtete den Metallfächer so genau wie möglich. Dieser bewegte sich ständig hin und her. Doch ab und zu blitzte eine kleine Lücke zwischen den Metallstreben auf. Genau so groß, dass ein Ball durchpasste. »Professor Maskata!«, rief er aufgeregt. »Haben Sie das Lernprogramm bei Robby gestartet?«

»Welches Lernprogramm?«

»Na, das Programm, das Sie mit mir beim Torwandschießen gemacht haben.«

Der Professor schüttelte den Kopf. »Nein, denn das hier ist ja kein Torwandschießen, sondern ein richtiges Fußballspiel.« Doch plötzlich wurde ihm klar, woran Peter dachte. »Natürlich! Du hast recht! Torwandschießen! Das ist die Lösung.«

»Ich sehe immer wieder eine kleine Lücke in der Metallmauer. Ich würde sie nicht treffen, aber vielleicht schafft es Robby.«

Justus beobachtete inzwischen wieder den dicken Mann mit dem Laptop. Es schien, als würden er und Silverman erleichtert grinsen.

Professor Maskata hatte das Programm mit dem Torwandschießen geladen. Onkel Titus hüpfte nervös auf und ab. »Schnell, Elton. Uns bleiben nur noch dreißig Sekunden. Bei einem Unentschieden fliegen beide Mannschaften aus dem Turnier.« Die vielen Lämpchen bei Robby Ronaldo blitzten kurz auf. Dann schnappte er sich den Ball, spielte ihn an dem Druckluftgegner vorbei und stand Sekunden später vor dem Tor. Hektisch bewegte sich der Metallfächer hin und her.

»Los, Robby, schieß!«, brüllte Onkel Titus.

Maskatas Fußball-Roboter nahm Anlauf, visierte das Tor an und zog mit voller Kraft durch. Wie ein Geschoss jagte der Ball auf den Metallfächer zu und donnerte durch die winzige Lücke.

»Toooor!«

Alle schrien, so laut sie konnten.

Finale

Nach der ersten Runde gab es für alle Mannschaften eine kleine Pause. Vor dem Mannschaftszelt klopfte Onkel Titus mit der Grillzange gegen die Blechtonne. »Ich denke, jetzt haben wir uns eine kleine Stärkung verdient. Würstchen und Maiskolben sind gleich fertig.«

Justus schnappte sich als Erster ein Würstchen, legte es in ein aufgeschnittenes Brötchen und biss hungrig hinein.

In der nächsten Runde musste Robby Ronaldo gegen vier Gegner aus Santa Barbara antreten.

Doch mit diesen hatte er leichtes Spiel und gewann fünf zu null. Aber auch der Fußball-Roboter von Antony Silverman kam eine Runde weiter. Onkel Titus konnte jetzt nur noch krächzen, so laut hatte er vorher geschrien. »Wenn wir noch einmal gewinnen, dann sind wir im Finale«, flüsterte er heiser.

Schließlich waren nur noch vier Mannschaften im Spiel. Elton Maskata wechselte die Akkus bei seinem Roboter und ölte einige Teile. Dann stand Robby Ronaldo wieder auf dem Spielfeld. Mit dem nächsten Gegner machte er kurzen Prozess. Gleich in der ersten Spielminute schoss er einem aufwendig konstruierten Stelzen-Roboter so hart gegen die Beine, dass diese abbrachen und der Roboter hilflos wie ein Käfer auf dem Rücken lag.

Der Roboter von Silverman tat sich im Halbfinale schwerer. Erst im letzten Moment konnte er das Spiel gegen einen metallischen Schlangen-Roboter drei zu zwei für sich entscheiden. Und so kam es, wie es kommen musste: Die Roboter der verfeindeten Freunde standen im Finale.

Eine laute Fanfare ertönte, und der Spielleiter nahm das Megafon in die Hand. »Meine Damen und Herren, es ist so weit. Das Finalspiel kann beginnen. Und vergessen Sie nicht: Es geht um zehntausend Dollar! Gegenüber stehen sich die Fußball-Roboter von Mr Maskata und Mr Silverman.«

Die Menge direkt vor der Tribüne hielt es nicht mehr auf ihren Stühlen. Auch Kommissar Reynolds hatte sich eine Tröte gekauft und blies mit vollen Backen hinein. Dann ertönte der Anpfiff.

Argwöhnisch beobachtete Justus, wie der dicke Louis neben Silverman weiterhin hektisch am Laptop arbeitete. Robby Ronaldo hatte sich inzwischen souverän den Ball geschnappt, spielte Knecht geschickt aus und stand auf einmal vor dem leeren Tor. Doch dann geschah etwas Unglaubliches: Robby Ronaldo stoppte plötzlich, und seine Lämpchen blitzten kurz auf. Zum Erstaunen aller drehte er sich um, rannte zur Bande, sprang mit einem großen Satz darüber und verließ das Spielfeld. Professor Maskata schrie: »Robby, was machst du?«

Als Justus das breite Grinsen von Antony Silverman sah, schnappte er sich die Fernbedienung des Professors und drückte schnell auf den roten Knopf. Doch Robby Ronaldo rannte einfach weiter. Da wusste der Anführer der Detektive, was geschehen war. »Silverman hat Ihre Fernsteuerung gekapert, Professor. Die haben sich mit einem Laptop wie Computer-Hacker in Ihr System geschlichen. Das sind unlautere Methoden!«

Genau so war es. Professor Maskata hatte keine Kontrolle mehr über seinen Roboter. Dafür aber sein Rivale Silverman. Dieser hatte jetzt den Laptop in der Hand und drückte einige Tasten. Maskatas Fußball-Roboter rannte immer schneller, bahnte sich einen Weg durch die erstaunte Menge der Zuschauer und sprang dann kopfüber in den Brunnen am Marktplatz. Es spritzte, zischte, blitzte und dampfte. Dann gingen bei Robby Ronaldo die Lichter aus.

Professor Maskata war am Boden zerstört. »Das war's. Robby kann nichts etwas anhaben. Nur Wasser. Das macht seine Elektronik kaputt.«

Die Fanfare ertönte, und Silverman und seine Leute rissen siegesgewiss die Arme hoch. Der Spielleiter nahm etwas irritiert das Megafon zur Hand. »Äh, damit ist auf ungewöhnliche Art und Weise das Finale entschieden. Sieg durch K.o. Gewonnen hat der Fußball-Roboter von Team Silverman.«

Bei der anschließenden Preisverleihung wollte niemand so recht applaudieren. Onkel Titus ließ den Kopf hängen und stand stumm da. Nur Justus knetete unermüdlich seine Unterlippe. Plötzlich trat der Anführer der drei ??? auf Antony Silverman zu. Dieser war immer noch im Siegestaumel und reckte die zehntausend Dollar in die Höhe. »Mr Silverman«, sprach Justus ihn in ruhigem Ton an, »ich gratuliere Ihnen zum Sieg. Für eine Maschine hat Ihr Roboter recht gut gespielt. Bei einem Match gegen echte Menschen würde er aber natürlich haushoch verlieren.«

Silverman sah ihn irritiert an. »Was redest du da, Junge? Niemals kann ein Wesen aus Fleisch und Blut gegen meinen hoch entwickelten Roboter gewinnen. Damit muss die Menschheit sich abfinden. Die künstliche Intelligenz ist nicht mehr aufzuhalten. Roboter sind die Krönung der Schöpfung.«

Justus blieb immer noch ruhig. »Dann nehmen Sie doch bestimmt die Herausforderung an: Meine beiden Freunde und ich treten gegen Ihren Knecht an. Sollten wir gewinnen, dann haben wir die Meisterschaft gewonnen. Verlieren wir, bleibt das Preisgeld bei Ihnen. Trauen Sie sich?«

Antony Silverman lief rot an. »Was für eine Frage! Natürlich nehme ich die Herausforderung an! Das ist ja lächerlich.« Sein dicker Freund wollte ihn zurückhalten, aber Silverman herrschte ihn an. »Lass mich, Louis! Das ist ein historischer Wettkampf. Maschine gegen Mensch.« Dann wandte er sich den Kameras zu. »Ein Sieg, der die Welt ein für alle Mal verändern wird. Und alle sollen es sehen. Aber ihr habt nur einen einzigen Versuch, Jungs. Dafür bekommt ihr zu Beginn den Ballbesitz. Mein Roboter wird trotzdem gewinnen. Jetzt wird Geschichte geschrieben!«

Der leicht verwirrte Spielleiter griff wieder nach seinem Megafon. »Äh, also schön. Meine Damen und Herren, Sie haben es gehört. Das Finale und das Preisgeld werden erneut ausgespielt. Die Spielregeln haben Sie soeben vernommen. Auf dass der Bessere gewinne.«

Dem Professor und Onkel Titus standen die Münder offen. Es ging alles so schnell, dass sie kaum begriffen, was jetzt geschah. Auch Peter und Bob hatten keine Zeit, darüber nachzudenken. Justus schob sie einfach auf den Platz. »Los! Wir spielen, wie wir noch nie Fußball gespielt haben. Peter, ich setze alles auf dich.«

Peter Shaw wusste nicht, was er sagen sollte, und legte sich wie in Trance den Ball vor die Füße. Ihm gegenüber stand Knecht, der Fußball-Roboter von Antony Silverman. Auf dem Marktplatz war es jetzt totenstill. Erst als der Anpfiff vom Spielleiter ertönte, riss es alle von den Stühlen. Peter konzentrierte sich und nahm seinen ganzen Mut zusammen. »Okay, Freunde, lasst uns spielen.«

Er kickte den Ball vor sich her und rannte direkt auf den Roboter zu. Als dieser sich ihm in den Weg stellte, gab Peter ab zu Bob. »Los! Doppelpass!«

Bob spielte ebenso konzentriert und lupfte das Leder hoch zurück zu Peter. Doch der Roboter war blitzschnell. Mit dem Kopf lenkte Peter jetzt den Ball zu Justus. Dieser nahm ihn mit dem Bauch an, ließ ihn abtropfen und schoss das Leder genau zwischen den Beinen des Roboters wieder zu Peter zurück. Dieser wusste, dass sie nur einen Angriff hatten. Wenn dieser nicht zu einem Tor führte, waren das Spiel und die Meisterschaft verloren. Doch es schien fast aussichtslos, denn wie aus dem Nichts stand Knecht wieder vor ihm. Es war unmöglich, an ihm vorbeizuspielen. Auf einmal aber hatte Peter eine Idee. Er holte aus und knallte den Ball mit voller Wucht in Richtung Tribüne. Der Roboter zuckte kurz und verharrte dann. Silverman schrie wie ein Wahnsinniger. »Daneben, du Trottel. Das Spiel ist aus.« Doch er hatte nicht mit Peters Taktik gerechnet, denn das Leder knallte jetzt gegen die Seitenbande, prallte dort ab und flog in hohem Bogen … direkt ins Netz.

»Tooooooor!«, brüllten alle auf dem Marktplatz, und Kommissar Reynolds fiel dabei die Tröte aus dem Mund. »Gewonnen! Gewonnen! Die Jungs haben tatsächlich gewonnen! Mensch gegen Maschine.« Ihn hielt es nicht mehr auf der Tribüne und laut jubelnd rannte er aufs Spielfeld.

Der Spielleiter verkündete das Ergebnis. »Meine Damen und Herren, der endgültige Sieger steht nun fest. Gewinner der Fußball-Roboter-Meisterschaft sind diese drei Jungs aus Rocky Beach. Herzlichen Glückwunsch!«

Wieder ertönte die Fanfare, und Justus, Peter und Bob lagen sich jubelnd in den Armen. »Das habt ihr außerordentlich großartig gemacht!«, krächzte Onkel Titus mit letzter Kraft. Auch der Professor konnte nur noch sehr leise flüstern. »Wirklich großartig. Mein Roboter ist zwar kaputt, aber zumindest hat Antony nicht das Preisgeld auf betrügerische Art und Weise ergaunert.«

LOVE
Eiscafé

Kommissar Reynolds stand mittlerweile neben ihnen. »Hörte ich da etwas von Betrüger und Gauner?« Silverman und seine Männer wollten sich gerade klammheimlich davonstehlen, als sie vom Kommissar zurückgehalten wurden. »Nicht so schnell, meine Herren! Es scheint, als gäbe es hier noch Klärungsbedarf.«

Justus zog den Kommissar zur Seite. »Zu diesem Betrugsfall können wir Ihnen einiges erzählen, Sir.«

Der Kommissar reagierte sofort. »Alles klar. Verstehe. Meine Spezialeinheit war mal wieder im Einsatz. Meine Herren, wir sehen uns gleich auf der Wache!«

Justus ging jetzt auf den Spielleiter zu. »Ich möchte Ihnen mitteilen, dass wir als Team von Professor Maskata die Meisterschaft gewonnen haben, und somit geht der Preis selbstverständlich an ihn.«

Elton Maskata klappte die Kinnlade herunter. »Das würdet ihr machen?«, stotterte er.

Justus nickte. »Ja. Reparieren Sie mit dem Geld Robby Ronaldo und forschen Sie weiter an der künstlichen Intelligenz. Denn eine Sache habe ich jetzt verstanden: Es ist nicht die Technik, welche die Technik so gefährlich macht. Es ist der Mensch, der sie bedient und einsetzt.«

Peter klatschte Justus ab. »Sehr gut! Dafür hat es sich gelohnt, das Spiel zu gewinnen. Ich habe geahnt, dass der Blechheini meinen Bandentrick nicht kennt.«

Bob schlug auch mit ein. »Peter ist der Beste! Und noch eines wissen wir jetzt: Ein Roboter kann vielleicht irgendwann einmal gegen einen Menschen gewinnen, aber niemals gegen die drei ???.«

ULF BLANCK ist 1962 in Hamburg geboren und lebt dort südlich der Elbe mit seiner Familie. Er schreibt seit dem Start für *Die drei ??? Kids* und produziert auch die Hörspiele. Nach dem Architekturstudium arbeitete er viele Jahre als Redakteur beim Radio. Außer Kinderbüchern schreibt Ulf Blanck auch Drehbücher und Theaterstücke. Geschichten zu erzählen, die er als Kind gern gelesen hätte, spornt ihn an. Die ehrenamtliche Mitarbeit in Kinder-Ferienzeltlagern hilft ihm bei seinem Wunsch, zehn Jahre alt zu bleiben. Seine Hosentaschen sind vollgestopft mit Dingen, die er auf der Straße aufgesammelt hat und die zu nichts zu gebrauchen sind, außer für schöne Geschichten. Mehr über Ulf Blanck findest du unter **ulfblanck.de**

KIM SCHMIDT ist Comiczeichner und Illustrator. Er hat mehrere Kinderbücher illustriert und arbeitet seit Band 22 als Illustrator für *Die drei ??? Kids*. Darüber hinaus gibt er Zeichenkurse für Kinder und Jugendliche und hat mehrere Comiczeichnen-Lehrbücher für Nachwuchszeichner geschrieben. Er ist verheiratet, hat zwei Kinder und lebt und arbeitet in Dollerup/Schleswig-Holstein. Mehr über Kim Schmidt findest du unter **kim-cartoon.com**

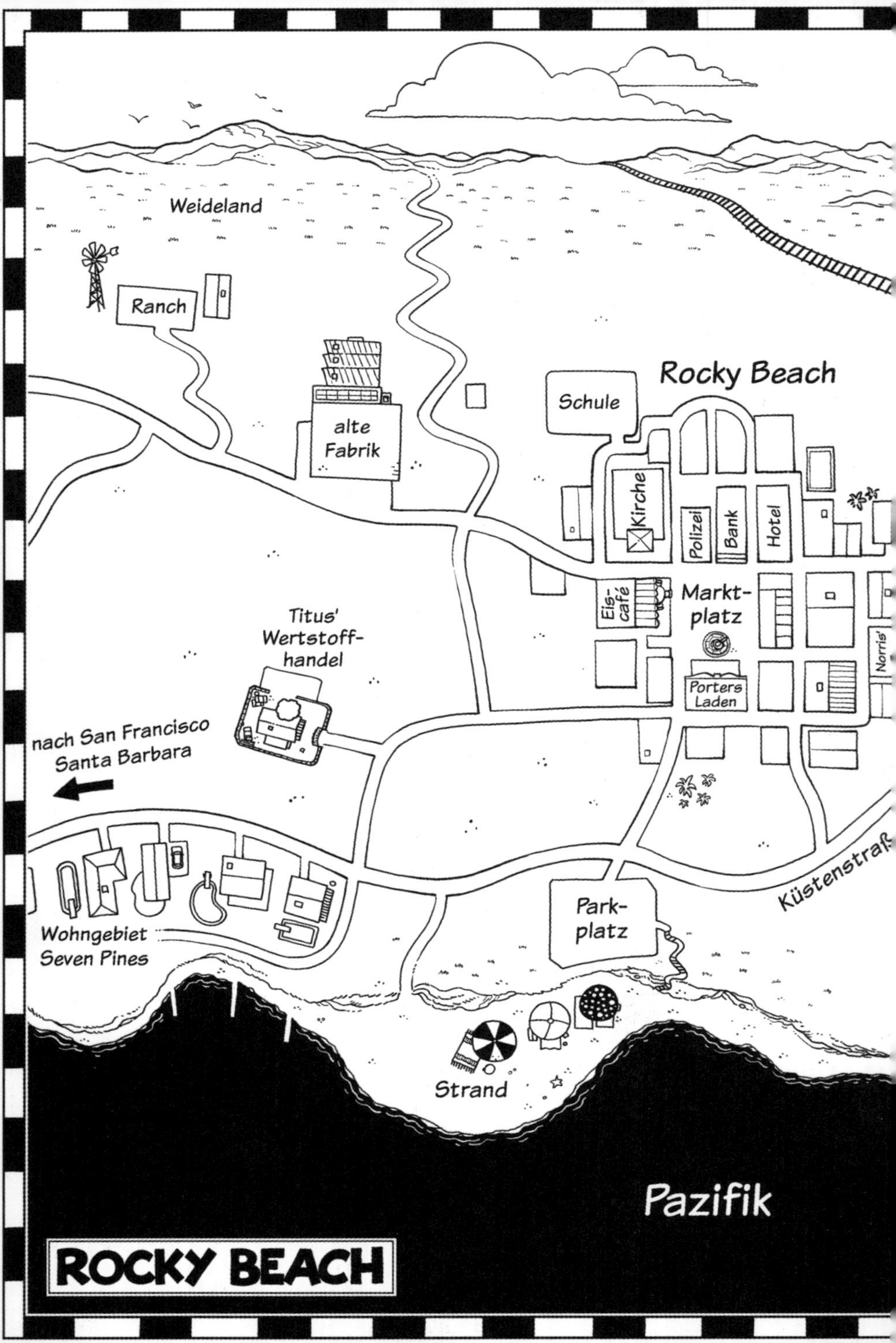
Weideland
Ranch
alte Fabrik
Rocky Beach
Schule
Kirche
Polizei
Bank
Hotel
Eis-café
Markt-platz
Norris'
Porters Laden
Titus' Wertstoff-handel
nach San Francisco
Santa Barbara
Wohngebiet Seven Pines
Park-platz
Küstenstraß
Strand
Pazifik
ROCKY BEACH